クリスマスの奇跡

新田　玲子

この地上の
すべての
愛しき人々に捧ぐ

一度だけ、白分のためにぬいぐるみを買ったことがある。

三十歳の年の暮れ、クリスマスイブのことだった。

真冬の寒さが一段と身を切りはじめた夕暮れどき、そこだけ、冬晴れの明るい空がぽっかりと開いたような青色の肌をし、綿の柔らかな肌触りと、手のひらにすっぽり納まる尻の安定感に、心がふっと和んだ。

もっとも、ぽっちゃりした体つき、両手はいかにも不器用そうなちっちゃなへらの形で、真っ白なたてがみが唯一、横顔をかろうじてウマらしく見せているだけというのに、やたらと気位の高いウマのぬいぐるみだった。

ぬいぐるみに、気位が高いもないだろうって？

そりゃあ、あいつを知らないからだよ。

あいつの口の利き方ときたら——いやいや、笑い事じゃあない。信じてもらえないかもしれないが、あいつはしゃべった。それも相当に生意気な、減らず口を、大いに叩いたものだ。

本当に、呆れるほど口の悪いウマだった。

＊　＊　＊

その頃、俺は東京にほど近い、中途半端な小都市に住んでいた。

生まれ故郷の片田舎でもなければ、憧れの大都会でもなく、どっちつかずの小都市というのが、いかにも俺らしかった。

兄貴は違う。小さい頃から兄貴には頭が上がらなかったが、それは十近く歳が離れていたせいだけじゃあなかった。

俺が物心ついたとき、兄貴はすでに周囲の目を引く秀才だった。

兄貴はちゃんと、東京の大学で経営学と情報学を学んだ。そして卒業後はさっと田舎に引き返し、親父のしがない万屋《よろず》に移動販売車を取り入れて店を活性化する一方で、過疎と高齢化が進む地域社会にとって欠かせない、宅配や見守りの役目を買って出た。

この実績を掲げ、兄貴は二四歳で村議会議員になった。そして、当時はまだ珍しかったインターネットを村に引き、村の産物のネット販売化に乗り出した。

慎ましい田舎暮らしにコンピュータを導入する――最初は誰もが途方もない絵空事と、歯牙にかけようともしなかった。

厳しい村予算からいくらかの補助金を捻出したとしても、当時のコンピュータは個人が気軽に購入できるような品ではなかった。しかも村人の多くは高齢で、新しい機械そのものに腰が引けた。

それでも兄貴は、根気強く村議会を説き伏せた。

東京にいた学生時代から、すでに将来のネット販売を見据えて取引先の根回しをし、青写真を引いていたことが功を奏した。

役場の裏の使用されていない部屋を作業場とし、そこに誰もが使えるコンピュータを二台、村費で設置してもらった。村に頼ったのはそこまでだった。

ネット販売を具体的に推し進める体制も、販売を管理するコンピュータソフトも、さらには、その操作手順をわかりやすく示したカードまで、すべて兄貴がひとりで作り上げた。

「品物をここに持ち込み、このカードに従ってコンピュータのキイを押してゆきさえすれば、家で栽培している農作物はもちろん、回りのいろいろな山の幸を、東京の老舗料理店や高級レストランに売り込めるようになります。そうしたら、ちょっとした小遣いが稼げますよ。僅かな額でも余分のお金が入れば、お孫さんたちにプレゼントのひとつでも買ってあげられるでしょう？　コンピュータの操作がわからなくなったり、品物の扱いについて疑問や質問があれば、いつでもお手伝いしますからね」

　年金暮らしでかつかつの生活を強いられていた年寄りにとって、生活の底上げができるというのは大きな魅力だった。

　資本金が必要なわけじゃあない。家の周りに成っているものを集めてくればいいだけだ。

　若い兄貴の誘いに乗せられ、何人かがおずおずと戸を叩き、身近な作物を納め、カードに記された指示どおりにキイを叩いたのが始まりだった。

　初めは決して高い収益をあげられたわけではない。それでも暇な時間を使って少しの手間をかけるだけで余分な収入が手にできるとわかると、田舎ならではのネットワーク、人から人への口伝えが機能し、ネット販売に参加する村人の数が徐々に増えていった。

　自家栽培の野菜や採取してきた山菜の宣伝文句も、それらを魅力的に見せる包装の仕方、写真の撮り方も、最初は全部、兄貴が手ほどきした。宅配業者への受け渡しの面倒まで、兄貴が見ていた。

　しかし翌年になると、作業所に村人が代わる代わる詰め、その運営にあたるようになった。新参の村人の手助けも古参の者が行うようになった。さらには、村人自らが新しい知識を掘り起こし、力を合わせて様々な挑戦を行い、互いに切磋琢磨して、扱う品の出来映えを競い合うようになった。

村が送り出すネット販売品の評判は急上昇した。受け入れ先も広がり、マスコミにまで注目された。

高齢化が深刻な村に笑顔の会話が増え、村全体が活気づいた。

まとまった収入を手にできるようになった村人の中には、自宅にコンピュータを備えたいと申し出る者も出てきた。

こうした動きを捉え、兄貴は、村の高齢者見守りにネットを活用したり、村民の力を借りて村の良さを発信し、若い人たちを村に呼び込んでゆきたいと、新たな抱負を語った。

次々と夢を実現してゆく兄貴は、親にとってはもちろん、地元にとっても、輝ける希望の星だった。そしてその光は、平凡な田舎の高校生でしかなかった俺には、目がくらむほど眩しかった。

だから兄貴の真似をしようなんて考えたことは、一度だってなかった。

俺には到底、兄貴のような知恵も行動力もない。それは十分、わかっていた。

ただ、俺にも見栄はあった。だからいつまでも田舎に留まって、兄貴と比べられてばかりいるのは嫌だった。

「お兄《にい》ちゃんはしっかり者だけど、年が離れていて甘やかされたのかねえ。弟の方は、どうも……、なあ」

親戚でも、近所でも、囁かれていた。

面と向かって言われたこともある。

だから、高校を卒業したら都会に出ようと決心していた。そこで一生懸命働こう。そうやって、俺は俺なりに、親父たちに少しでも仕送りをしよう、と。

人にはそれぞれに分というものがある。

俺は少しでも親に恩返しができれば、それで十分だ、と考えていた。

すでに大卒が普通になりつつあった。高卒の俺には東京の大会社は高嶺の花だった。

だから東京にほど近い小都市で、健康器具を販売する、まあまあの規模の会社に採用されたときは、やった！　と、内心小躍りした。

これで、俺なりの、ちゃんとした人生が送れると思った。

その健康器具会社では、同期入社の難波と組んで仕事をすることが多かった。難波は大卒だったから、同期と言っても俺より四つ年上だった。ハンサムでスマートで、いかにも営業が天職といった要領の良さで、テキパキと仕事をこなした。

俺はどちらかというと口が重く、人前ですらすらと話ができるほうじゃあない。まして、おべんちゃらなんて言えやあしない。

だから、難波の、気の置けない会話や人当たりの良さに助けられたことは少なくない。けれども奴は、週末は大概デートで、週末に仕事が入るとなんだかんだ言っては、俺ひとりに仕事を押しつけた。

そういうときは、

「本当に申し訳ない。山田君には迷惑をかけてばかりで」

と、しきりに頭を下げたものだ。

ところが一度、それが上にばれた。そうしたら難波は、仕事が入ったことを俺が知らさなかったと弁解して憚らなかった。

難波はしょっちゅう、山田は愚図だ、出来損ないだ、と文句を言っていた。

明らかに奴の手落ちで生じた問題でも、山田が自分の指示どおりにやらなかったから

だとか、山田がうっかりしていたせいだと、いつも俺に責任を転化した。そして、

「あーあ、こんな奴と組まされるなんて、運が悪いよ。たまったもんじゃあない」

と、愚痴ってばかりだった。

腹は立ったが、その頃の歳で四つ違うと、言えるものも言えないことが多かった。そのうえ俺は、申し開きをしたり、言い返したりするのが、生来苦手だった。

本当はどうなのか、わかる人にはわかるはずだ、と考えてもいた。

そうしたら、リストラで一番最初に首を切られた。

突然の解雇通知に呆然となった俺を、難波は鼻先で笑ったよ。

「馬鹿な奴だ」

悔しかった。

だがそれ以上に、裏表の多い難波よりも俺の方がずっと一生懸命に、正直に働いてきたのに、上司や会社はいったい何を見ていたんだと、情けなくなった。そのせいでつい、こんな会社に未練はないと、文句ひとつ口にすることなく辞めてしまった。

世の中、こんな会社ばかりじゃあないはずだ、という甘い考えも、その頃の俺にはあったんだな。

けれど、四年勤めたその会社がもっとも長い勤め先になった。それにそこじゃあ、失業保険も掛けてもらっていたから、次の仕事を見つけるまで食いつなぐこともできた。もっとも、いつまでも失業保険に頼ってはいられない。何回か断られたあと、小規模事業者だったが、小売り店に製品を配送する仕事になら空きがあると言われ、飛びつくような気持ちで引き受けた。

注文された製品を小売り店に届けて回る作業には、何の支障もなかった。最初の会社で車の免許は取らせてもらっていた。仕事はすべて自分ひとりで担当したから、自分が真面目に取り組みさえすれば片付いた。

ところが仕事に慣れてくると、配送の合間に新しい店に立ち寄り、新規販路の拡大を図るようにと、せっつかれ始めた。

実は、そうした新規販路の獲得で給料が上積みされる仕組みだったのだ。面接のとき、基本給は決して高くないが、自分の腕次第でいくらでも稼げると、社長は太鼓判を押していた。

俺としては低い基本給だけで構わなかったが、販路を少しも増やせないでいると、社長は次第に機嫌が悪くなり、あれこれ嫌みを言うようになった。

結局居づらくなって、一年で辞めた。

つくづく、俺は営業向きじゃあないと悟った。少しくらい体が辛くても耐えられる。だから、何か、こつこつと作業を積み重ねてゆく仕事を探そうと思った。

大きな機械工場では、単純作業でも理工系の学歴が求められた。高卒の二三歳で、普通科教育しか受けていないと、そういう働き口は職業安定所の窓口で弾かれた。

それでもあちらこちらに問い合わせていると、大企業の機械部品の下請けを、さらに下請けで受ける、従業員十人ほどの小さな工作所の社長が、真面目に勤めてくれるなら雇おうと言ってくれた。

給料は最低賃金に近かった。だが社長の親父さんは、不器用な俺でも大事に扱ってくれた。

最初は他の作業員の補助をしながら仕事の手順を覚えた。

それから、少しずつ機械の使い方に慣れていった。

平穏な生活が三年半ほど続いた。

機械を使わせてもらえるようになったあとも長らく、俺が作ったものは親父さんたち年長者が必ず手直ししなければならなかったが、日が経つにつれ、手直しの回数や分量が減ってゆき、仕上がりをチェックする親父さんが黙って頷くことも多くなってきた、そんな矢先だった。

関連倒産で、工作所はあっさり閉鎖になった。人の好《よ》い親父さんは不渡り手形をつかまされたのだった。

すまん、すまんと、親父さんは俺たちに何度も頭を下げた。

「これはわしの責任だ。お前たちには必ず、次の職場を探してきてやるからな」

親父さんは自分のことを二の次にして走り回り、その週のうちに、従業員全員を新しい職場に送り込んだ。

俺が紹介されたのは、親父さんの工作所よりも規模の大きな作業所だった。ただ、俺の仕事は他の職人たちの雑用係のようなもので、給料は最低賃金にまで落ちた。しかも人間関係は、限りなく希薄になった。

そのうえ、数ヵ月後にはこの作業所も倒産してしまった。

不景気が荒れ狂い、製造業には厳しい時期だった。

こういった小さな工作所や作業所では、従業員に失業保険なんか掛けてくれてはいなかった。給料も十分ではなかったのに、見栄も手伝って、毎月、僅かでも親に小遣いを送り続けていたから、貯金なんてまったくなかった。

俺はすぐに食うに事欠き、手当たり次第、アルバイトまがいの仕事を引き受けるようになった。

同じ製造業でも、食品加工業ならまだましかと思った。ところが俺が行くところ、行くところ、まるで俺が疫病神か何かのように、見事なまでにあっけなく潰れていった。

そうやって職を転々としているうちに、とうとう仕送りがままならないだけでなく、自分が食ってゆくのもやっとの、その日暮らしの生活に陥っていた。

そんな俺の状況を、親父やお袋はひどく心配した。

たまには様子を知らせなきゃあと思って電話し、仕事がまた変わったことを告げると、

「もっと腰を据えて働かんと……」

と、溜息交じりに嘆かれた。

好き好んで職を変えているわけじゃあないと、気が重くなった。

挙げ句に、

「ひとり暮らしじゃあ、ろくなもんも食べとらんじゃろうに。お前はお兄ちゃんと違って要領が悪い。都会が合わんのなら田舎に戻っておいで。こっちなら、食べてゆくら

いはどうとでもなるよ」

と心配され、優しい言葉のひとつもかけられると、惨めさが一層募った。

田舎に帰ったって、どうせろくな仕事はない。

負け犬になっておめおめと引き返したうえに、立派な兄貴と引き比べられて情けない思いを募らせ続けるなんて、絶対に嫌だ——と思った。

せっかく長距離電話をかけても胸が塞ぐばかりだから、電話するのも億劫になる。そうすると実家の敷居はますます高くなり、帰省することもなくなった。

やがて家賃が払えなくなり、もっとずっと安い、ぼろアパートに移らざるをえなくなった。そんなことを親に伝えるわけにもゆかず、新しい住み処《すみか》のことは黙っていた。

そういうわけで、三十歳の師走を迎えたとき、俺はおんぼろアパートに寝起きし、早朝から昼過ぎまで、最低賃金しか払えない小さな仕出し屋で忙しく立ち働いていた。

自慢できるような生活じゃあなかったが、それほどひどい暮らしだったわけでもない。

仕出し屋で一緒に働いていたおばさんたちは皆、俺の親のような年齢で、俺のことを何かと構ってくれ、働き心地は悪くなかった。早めの昼には賄いが付いていたし、店が作る弁当の残り物で夜をすませられることもあり、飢えるようなことはなかった。

夢や希望とは無縁だったとしても、それなりになんとかやってゆけていた。

ところが、あと一週間もすれば御用納めという時期になって、突然、店の入り口に差し押さえの張り紙が貼られた。

俺は最後の給料ももらえないまま、冬の寒空の下に放り出された。

大急ぎで職業安定所に駆けつけたが、

「この時期じゃあ、新規採用は無理ですなあ。年明けにでもいらしてもらえたら、何かお手伝いできることがあるかもしれませんがねえ」

と、門前払い同然の扱いだった。

職安から引き返す繁華街は、クリスマスを前に色とりどりのイルミネーションで飾り立てられていた。通りには明るく賑やかなクリスマスソングが溢れ出し、ショーウィンドウにはきらびやかな贅沢品が並んでいる。その街並の華やかさがことごとく、俺の惨めさを際立たせ、俺の胸を締め上げた。

十八の歳から十二年間、ろくに休みらしい休みも取らず、正直に、真面目に働き続けてきた。人を騙したり、人の弱みにつけ込んだりすることもなく、いつも裏表なく、一生懸命に働いてきた。

そのどこがいけなかったんだ？

なぜ俺の職場は次から次へと潰れてゆくんだ？　しかも、そうやって職を変えるたびに、前よりも小さな、手取りの少ない場所へ落ちてゆく。

それでも職があり、日々が無事に過ごせるなら、それでいいと思っていた。贅沢を望んだことなんて、一度だってなかった。

だが最後の給金ももらえないとなると、もはや年を越し、次の職を探し出し、その給料が入るまでの期間を食いつないでゆくこともできなかった。

ローンに頼るという考えは浮かばなかった。

それまでも切羽詰まったことはあったが、ローンを使ったことはなかった。

多分、親父たちがそうだったからだろう。俺が子供の頃、家はほんの小さな万屋で、親父たちはしょっちゅう金に困っていた。それでも、

「自分が持っているより一円でも多くの金を使っていたら、いつか手がつけられない借金に膨れあがる」

と言って、決して金を借りようとはしなかった。

収入が減るにつれ、アパート代や被服費、果ては食費まで、可能な限り切り詰めはし

たものの、親や兄貴に泣きついたり、銀行ローンやカードローンに手を出したりしたことは、一度もなかった。

貯金こそないが、借金もない。

今ここで死ぬなら、人の役に立つような立派な人生ではなかったとしても、誰にも迷惑をかけないですませられる――と思った。

疲れていた。

どうにもできない自分が情けなかったが、生きる努力は十分果たした――と思った。

財布をひっくり返すと、小銭の他に、一万円札が一枚と千円札が四枚あった。

生き続けるなら、食費や風呂代の他に、月末払いの光熱費と水道代、それに正月明けには一ヵ月分の家賃と共益費もいるから、到底足りる額ではない。

けれど、もし、今夜限りの命とするなら――それなら、最後にささやかな贅沢ができそうだった。

ふと頭に浮かんだのは、仕事の行き帰りに通る商店街で赤い煉瓦壁が目を惹くフレンチレストランだった。

仕出し屋での仕事を終えた午後半ばの帰り道、格子窓の薄いレース越しに、セピア色の電灯が点る瀟洒な店内で黒い礼服のウェイターがてきぱきとテーブルを整える姿を、幾度となく目にしていた。

そんな洒落たレストランは、田舎にはなかった。

兄貴だって、そんな贅沢なレストランには入ったことがないかもしれない。一生に一度でいい。そんな立派なレストランで、礼服のウェイターに恭しくかしずかれて食事をしてみたいものだ、と憧れた。

身の程知らずな夢だった。

だが残された金を前にして、これだけあれば、それを実現できるんじゃあないかと、固唾を呑んだ。

俺は札を握りしめた。

よし、人生最後の夜だ。

俺は決意した。

王侯貴族のようにかしずかれてやろう。

生まれてからこの方、一度だって人から敬われたことがあっただろうか。せめて一生に一度くらい、そんなふうに扱われてもバチは当たらないだろう——と思った。

俺は押し入れを開け、まだ営業をやっていたときに買ったスーツとコートを引っ張り出した。

十年前の安物スーツは少し毛羽立ってきていたが、俺には十分に一張羅だった。スーツと同じくらい古びた革靴も、ゴシゴシ磨きなおしてピカピカにした。

師走の空は、すでに紫色から濃い紺色へと変わりかけ、寒さがぐんと勢いづき始めていた。その中へ、俺は精一杯の気負いでもって飛び出した。そしてコートの襟を引き寄せながら足を急がせた。

だが、目指すフレンチレストランが視野に入ってきた途端、俺の足は止まった。かじかんで硬くなった頬が痛いほどに強ばり、俺は息を詰めて立ち尽くした。

レストランの煉瓦壁には無数の小さな明かりが散りばめられ、まるでそこにだけ星空が舞い降りてきたかのようだった。その佇まいは雅で奥ゆかしく、初々しい皇女にも似ていて、色とりどりのクリスマスイルミネーションで艶やかに飾り立てられた商店街の中でも格別の気品を漂わせていた。

窓越しに数人の客が望めた。

恭しい笑顔でもてなされている客たちは皆、いかにも裕福そうだった。

俺は自分の一張羅を見下ろした。

ウェイターのお仕着せの方がよほど立派に見えた。

最後の贅沢をしてやろうと勢い込んで出てきたものの、俺の持ち金全部をはたいても、到底足りないんじゃあないか。

激しい動悸に胸が苦しくなった。

レストランのドアのそばに、小さなライトのついたメニュースタンドがあり、開かれたメニューが置かれていた。俺は通りすがりを装い、レストランの前をゆっくりと過ぎながら、横目でメニューを盗み読んだ。

胸が早鐘を打ち、顔が火照った。

幾つか並んだコースの一番上、一番安いものなら、手持ちの金で足りそうだった。

俺は何軒か先まで行ってから通りの反対側に渡り、再び引き返し、レストランの向かいの店先からレストランの内部を窺った。

ここまで来たんだ。一番安いコースでも、客は客だ。少々みすぼらしい服だからと、とやかく言われる筋合いはない。

拳を握りしめて、そう自分に言い聞かせたところで、はたと戸惑った。

窓の向こうで、ウェイターが客のためにナイフとフォークを並べていた。

そうだった……。

俺はナイフやフォークで食事をしたことがほとんどない。

ナイフとフォークを使わなければならないと考えただけで手が震え、ナイフとフォークが皿に当たって、カチャカチャと耳障りな音を立てる場面が想像できた。

結局、高い金を払っても、恥をかくのが落ちじゃあないのか……。

俺は冷や汗を掻きながら、両手を握ったり開いたりしつつ、必死に迷った。

「あーあ、まったく、見ちゃあいられないやぁ！　入るなら、入る。止めるなら、止める。さっさと決めてくれよなぁ。たかだか、一回きりの食事だろ！　どうしても食べたいんなら、服装やマナーなんかどうだっていいじゃあないか。見栄えを気にするんなら、こういう場所はそもそも、ひとりで来るようなところじゃないってことに、気付いてくれよ。というか、本来、レストランは料理が勝負どころだ。思案のしどころが、まったく違うんだよなぁ。肝心なのは、どんな料理が提供されるのか、味はどうなのか、ってことだろうがぁ！」

突然、腹立たしげな文句を並べたてられ、俺は飛び上がった。

人に見られているなんて、考えもしなかった。

俺は慌てて周囲を見回した。

ところがイブの夕べを家路に急ぐ者や、恋人と、友人と、家族と、連れ立ってそぞろ歩く者はいても、特に誰も、俺の様子に注意を向けてはいなかった。

「あれ……、へえぇ……、お前、僕の声が聞こえるんだぁ」

背後で再び声がした。

振り返った先には、様々な種類のぬいぐるみが並ぶショーウィンドウがあった。

俺は眉をひそめた。声がその中から聞こえてきたような気がしたからだ。

「こりゃあ、意外だったなあ……。こんなしけた、だらしない奴でも、救いどころがあるってことなのかなあ……」

ショーウィンドウの中には、大きなライオン、ヒョウ、キリン、ゾウ、それに、やや小ぶりなウサギ、キツネ、アライグマ、コアラに囲まれ、ブランド品のラベルが付いた毛並みの良い大きなテディベアが並んでいた。そして、白、ベージュ、茶色の、高価そうなテディベアの中央に、少々——どころか、大いに場違いな感じのする、冬晴れの明るく温かな青色の肌をした、ちっちゃなぬいぐるみがちょこんと座り——、そのときの

俺の目には、俺に向かってしかめ面をし、腕を組んで首を傾げているように見えた。

俺は頭を掻きむしりそうになった。

確かに俺は、年の瀬近くに突然職を失い、再就職の当てもなく、あくせく生きるのにいい加減うんざりし、今夜で何もかも終わりにしようと決意して、最後の最後に、せめて一度だけ、ちょっぴり贅沢をしてやろうと、身の程知らずの計画を立てはした。

それでも、それでも……、ぬいぐるみが口を利き、動き回る姿を妄想するほど正気を失ってはいない――と思っていた。

「嘘だろう……。どうして、ぬいぐるみが話をする幻想が見えたりするんだ……」

昼によほど悪いものでも食べただろうか。何か変なものでも飲んだだろうか。

それとも、フレンチレストランで食事をしたいという野望が暴走すると、こんな幻想まで見えてしまうものなのか……。

「僕《ぼか》ぁ、別に幻想じゃあないよ」

青いぬぐるみがふてくされた顔をした。

「もっとも僕としては、もうちょっとしっかりした考えを持ち、はきはきと行動できる人物が相手であって欲しかったけどな。まあ、しようがない。思うようにならないのが人の世というものだ。お前に僕の声が聞こえる以上、どうやら僕が送り込まれた相手はお前らしい」

「送り込まれた？」

俺は思わず聞き返した。

「親父とちょっと喧嘩してさ」

青いぬいぐるみは、ちっちゃなへらのような手で鼻先をこすった。

「人間があまりに馬鹿ばかりやっているから、親父も神様と呼ばれるくらいなら、少しはどうにかしろって文句をつけたら、できるものならお前がやってみろってさ。ちょうどクリスマスだし、神の子が人助けできたら儲けものだって、思い切り笑いやがったよ」

顎がガクンと落ちた。

「ええええ？　神様ぁあ？　神の子ぉお？」

ちっちゃなぬいぐるみは胸を張って頷いた。

「お、お、お前が、神の子ぉお？　ど、ど、どうして、それが、そんなちっこいぬいぐるみなんだぁあ？」

ぬいぐるみ相手に話しているというのも忘れて、俺は聞き返さずにはいられなかった。

「ふん、見かけは小さなぬいぐるみでも、まわりのでっかい綿の塊と一緒にされたら困る！　僕ぁ、青馬《せいま》と言う名の、正真正銘の神の子で、神意の伝達者なんだからな」

ちっちゃな青いぬいぐるみは腕を組み、偉そうに張った胸をさらにそり返らせた。

「で、でも……、ど、ど、どうして、ぬいぐるみなんだぁ？　それも、そんなにちっぽけな……」

俺はその点にこだわった。誰だって、こだわらずにはいられなかっただろう。

「それについては、僕だって大いに文句を言いたい」

ちっちゃな青いぬいぐるみは、ぎゅっと顔をしかめた。

「そもそも僕の本体は、人間の目には見えない精霊だ。だけどもし、お前たちの目に見える姿で現れるなら、崇め奉られるにふさわしい、壮麗な青年の姿であってしかるべきだろう。ところが親父ときたら、人間に神がやれることなど限られている。神の子の存在は、せいぜい小さなぬいぐるみ程度のものだって言いやがって。まったく、わからずやのこんこんちきめが！」

途端に、稲妻が走り、雷鳴がとどろいた。

俺は首をすくめ、天を仰いだ。

濃紺の空には一片の雲もなく、商店街を彩るイルミネーションに負けじと、多くの星が瞬き始めていた。

「この雷親父が！」

ぬいぐるみが顔を上に向け、大声で怒鳴った。

先ほどよりも鮮烈な稲妻が走り、雷鳴が耳をつんざかんばかりに響き渡った。

「おい、止せ！　止せよ」

俺は思わずぬいぐるみに叫んでいた。

「わ、わかったから。お前が神の子だってことは……認めるから。だから、神様の悪口は止めてくれ」

ショーウィンドウの中のぬいぐるみを宥めるように、俺は両手を忙しく上下させて懇願した。そして、必死で頭を回転させた。

俺はあまり機転が利くほうじゃない。だがこのときばかりは、一生懸命に知恵を絞った。

これはどういうことなんだ……？　いったい、どうすりゃあいいんだ？

ひょっとして、ひょっとしたら、俺はアラジンのように途方もない幸運に巡りあわせた……、ということは、まさかないよなあ……。だが、もしそうだったら……？　もし、もし万一……？

　そこで、俺は恐る恐る尋ねた。

「で、……でさ、神の子のお前は、俺に何をしてくれようっていうんだ」

「甘い！」

　ちっちゃなぬいぐるみは飛び上がらんばかりに、体一杯の声を張り上げた。

「神は自ら助ける者しか助けない！　何ができるか、何をしなければならないか、自分で考えろってんだ！　ところがどうだ、今のお前ときたら。今夜、首を吊ろうってえかあ？　それで、その前にちょっぴり贅沢な料理を食べてみたい？　一度でいいから、人にかしずかれてみたい？　そんなくだらない望みしか持てず、しかもそんなつまらないことさえちゃんちゃんと実行できずに、うろうろ、うろうろ。まーったく、鬱陶しいったらありゃあしない。僕ぁ、そんな奴の手伝いなんて、まーっぴらだ！　もしお前の意志や努力と無関係に僕に何かできるなら、僕ぁ、お前をシベリアまでぶっ飛ばしてやる。そうしたら、お前よりはもう少しはまともな奴がこのショーウィンドウの前を通りかかるかもしれないからな！」

青いぬいぐるみは顔を真っ赤にしながらまくし立てた。

そのとき、ショーウィンドウの台の向こうに店員がやってきた。店員は俺に気付いて、にっこり微笑みかけた。

俺は曖昧に頷き返し、そそくさとその場を離れた。だが数歩も行かないうちに、振り返えらざるをえなかった。

青いぬいぐるみは、ふんと鼻を鳴らし、ぷいっと顔を背けた。

生意気なぬいぐるみだった。

フレンチレストランで食事をするという考えは、とっくに消え失せていた。だからさっさと引き上げればよかったのだが、なぜか立ち去れず、ぐずぐずと迷っていた。

俺は遠くからもう一度、そっとショーウィンドウを窺った。

青いぬいぐるみはふてくされた顔のまま、鼻先を胸に埋《うず》めて考え込んでいた。

俺は迷い続けた。

それからようやく意を決して引き返し、店のドアを押して中に入った。

ショーウィンドウの台のそばで箱から新たなぬいぐるみを取り出していた店員は、俺が戻ってきたのを認めて立ち上がった。

「いらっしゃいませ！　何かお気に召したものがありましたか」

俺よりも少し年上の、三十台半ばくらいの店員が、満面に笑みを浮かべて問いかけた。

「あ、うん……、そのショーウィンドウの中の、そこの小さな青いぬいぐるみ……、見せてもらえませんか」

店内からは大きなぬいぐるみに隠されていた。

俺は台の方に身を乗り出し、ぴんと張った青い耳の後ろと白いたてがみを指差した。

途端に、奴が法外な値段だったらどうしようと、全身に恐怖の汗がどっと吹き出した。

周りのテディベアにはすべて、ブランド品のラベルが付いていた。敢えてショーウィンドウに並べられているような品だ、安くはないに違いない。それに本人が「神の子」だと主張するほどだ……、そんなことを信じるなんて、頭がどうかしているのだが……、だが、しかし……。

不安に胸を鷲づかみにされ、俺は思わずコートポケットの中の薄い財布を握りしめた。

「あれ、こんなぬいぐるみ、あったかなあ」

店員は小さな青いぬいぐるみを取り上げながら首を傾げた。

「あ、でも、このロバ、かわいい顔をしてますね」

「ロバじゃあない！　ウマだ！　このどアホ！　ウマとロバを一緒にするな。馬は神に仕える、高貴で誇り高い生きものだぞ！」

青いぬいぐるみが大いに気分を害してわめいたから、俺はぎょっとした。

けれども、いかにも人の良さそうな店員には何も聞こえなかったのか、にこにこ顔でウマを自称する生意気なぬいぐるみを俺に差し出した。

俺はおっかなびっくり、ぷんぷんしているぬいぐるみを両手で受け取った。

首回りに値札が付いていた。俺は札を返して値段を確かめた。

「なーんだ」

拍子抜けした。

「お前、大きな口を利く割には安いんだなぁ」

札には、ブランド価格とはまったく無縁の、コンビニ弁当の値段にも満たない数字が記されていた。

「ぬいぐるみの真価は売価とは無関係だ！　人間の価値だって、稼ぎ高で決められるもんじゃあないんだぞ！　そんなこともわからないから、お前はしようのない奴だって言うんだ！」

青いぬいぐるみが顔を赤くして怒る様は滑稽だった。

俺は胸のつかえが取れた。

「ともかく、お前を買ってやろう」

「買わなくていい！　買ってくれたって、僕ぁ、知らないからな！　首つりの縄を絞める手伝いなんて、しやあしないぞ！」

ぬいぐるみはわめき散らしたが、傍で俺たちの様子を見守っていた定員にはまるっきり聞こえていないようだった。

俺は店員に、そのぬいぐるみを購入したいと告げた。

「ありがとうございます。では、どうぞこちらに」

店員は恭しく腰を屈め、レジへと案内してくれた。

精算がすむと、店員はぬいぐるみを綺麗な袋に入れようとした。

その袋を前に、奴は泣き出しそうな顔をした。

「包装はいいから、値札を取ってやってください」

俺は店員に頼み、値札を外されたそいつをコートのポケットに押し込んだ。

尻がポケットの内側にすっぽり納まった。

ちっちゃな青いぬいぐるみはちっちゃなへらのような両手をポケットの縁に掛け、唯一ウマらしい真っ白なたてがみを誇らしげに立てて、出会って以来初めて、俺に向かってにっこり、笑顔を向けた。

＊＊＊

ブランド品の大きなぬいぐるみが居並ぶなか、選りに選って、ちっこい、コンビニ弁当よりも安いぬいぐるみと巡り会ったのは、いかにも俺らしいと思った。

立派なフレンチレストランで気の張る食事をするなんて、俺の柄じゃあない。このちびと最後の夜を過ごすほうが、ずっとしっくりくる。

さっぱりした気分になり、足取りも軽くなった。

最後の食事は、帰り道のスーパーで買うことにした。

せっかくだから、いつもより少しはましなものを食べてやろうと、タイムセールにかかっていたクリスマスディナーセットというのを籠に入れた。

鶏足《とりあし》の唐揚げとフライドポテト、それに二種類のサラダを、クリスマス用の赤と緑のお洒落な箱に入れてラッピングした、おひとり様ディナーセットだった。

懸命に勘定するまでもなく、財布にはまだ十分な金が残っていた。

少し気が大きくなり、

「おい、お前、何か欲しいものがあったら買ってやるぞ」

と、ちびのぬいぐるみに声をかけた。

奴はぷっと頬を膨らませ、質問に答える代わりに、

「あのね、僕には青馬《せいま》って、ちゃんとした名があるって言っただろう。馬は神の使いを果たす神聖な生きものだし、晴れ渡った空の青は清廉で高貴な色なんだからね」

と、文句を垂れた。

「神聖、清廉、ねえ……」

笑わずにはいられなかった。

「あ、笑ったな」

ちっちゃなぬいぐるみはむきになった。

「僕の本体は、お前なんかよりずっと、ずっと大きな存在なんだぞ。くそったれ親父が、名前にちなんでウマのぬいぐるみなんかにするから、馬鹿な人間には見て取れないだけ

だ」

父親の悪口が飛び出したので、俺は思わず首をすくめた。

だが天の神様も、口の悪い息子が叩く憎まれ口に毎回怒ってはいられなかったのか、あるいは、スーパーの食品売り場のど真ん中でクリスマスソングがガンガン鳴っていたため、さすがの神様でも聞き逃してしまったのか、ともかく、そのときは何事も起きなかった。

やれやれだった。

俺は、鼻をつんと立てている丸っこい顔のぬいぐるみを見下ろし、

「そう言うが」

と、反論した。

「お前、ウマにしてはぽっちゃりしすぎていないか。この手だって、全然ウマらしくないしさ」

俺がちっちゃなへらのような手を人指し指で軽く叩くと、ウマを自称するぬいぐるみは丸い黒い目できっと睨み返した。

それを無視して、俺は続けた。

「それにお前だって、俺のことを、お前、お前って、呼んでるじゃあないか。俺にも、山田周平《やまだしゅうへい》という、ちゃんとした名があるんだからな」

「山田周平……かあ。名前まで中途半端なんだなあ」

ちびのぬいぐるみはあくまで生意気だった。

「姓が平凡なんだから、いっそ山田太郎《たろう》みたいに名前まで平凡なら、それはそれで粋なのにさあ」

「俺は次男だぞ。それに、周りを平らかにするような穏やかな人であれって、親なりにいろいろ考えて付けてくれた名だ。ちゃんと周平と呼べ。そうしたら俺もお前のことを青馬と呼んでやる」

この交換条件について、青馬は一考したものの、

「いいよ、周平」

と、案外あっさり条件を飲んだ。

それから、

「今夜はイブだから、僕ぁ《ぼか》、クリスマスケーキを買ってもらいたい」

と要望した。

先の質問を忘れてはいなかったらしい。

「おいおい、クリスマスケーキだなんて……、そんなものを買ったって、食べ切れやあしないいじゃないか」

まったく、呆れたことを言い出すぬいぐるみだと思った。

「それにクリスマスなんか祝っていいのかねえ。青馬が神の子だとしても、宗教が違わないのかな」

「僕ぁ、この世界を造り出した神様の子さ」

青馬は胸を張った。

「人間が考え出した宗教なんかじゃあ、どうせ説明できゃあしないから、宗教の種類云々は気にしなくったって構わない。お祝いすることがあるなら、お祝いすりゃあいいのさ」

「へええ？」

青馬の理屈に、俺は首をひねった。

だがこの夜はすでにもう、すっかりおかしな具合になってしまっていた。それに、そもそも、欲しいものがあったら買ってやると言い出したのは俺の方で、クリスマスケーキを買うくらいの金は十分に残っていた。

俺はよくわからない議論を避け、小さいのをひとつ買ってやることにした。

自分の願いどおりのクリスマスケーキが手に入ると、青馬はすごく喜んだ。そして店内に流れるクリスマスソングに合わせ、るんるんと鼻歌を歌った。

案外単純な奴だった。

ちょっとおかしくなった。

＊＊＊

その頃俺が住んでいた木造二階建てのアパートは、福留招福《ふくとめしょうふく》という大家の名にちなみ、福々荘という、やたら目出度い名前がついていた。

建築当初はそれでよかったのかもしれない。だが俺が借りた頃には、大家はどういうセンスの持ち主かと疑いたくなるような、今にも倒れそうなおんぼろアパートに成り下がっていた。

古いしけたアパートだったが、一階は少しましで、六畳の居間それぞれに、台所と水回りが付いて独立していた。一方、俺が借りていた二階の居室は四畳半の広さしかなく、台所、洗面所、トイレは共用だった。

そんな違いは、他人の目には五十歩百歩だったに違いない。けれどその頃の俺には、この違いが雲泥の差、天地の差に感じられた。

たとえば一階の一番奥には、その春、近くの大学に入学したばかりの大学生が住んでいた。引っ越しの際、親と一緒に上にも挨拶に回ってきたが、ぴかぴかの大学生は、俺とは属する世界がまったく違う遠い存在に見えた。

手前二軒を借りていたのは、俺より若い、二十台半ばの女性たちだった。ふたりとも、近くの会社に勤めているようで、いつも小綺麗に着飾っていた。休みのときなど、たまにアパートのすぐ外ですれ違っても、口を利いたことはもちろん、挨拶を交したことさえ、一度もなかった。

一階に比べ、二階の住人の年齢はずっと高かった。

しかも二階の四部屋のうち、奥の西側は空き状態が続いていたため、福留大家が物置代わりに使い、実際に住んでいたのは俺を含め、三人だけだった。

奥の東側には近藤《こんどう》さんという、かなり歳の爺さんが巣くっていた。

近藤さんは、第二次世界大戦終了前後の満州におけるどさくさで、十三歳のときに家族を失った。しかも、子供でも男だからと、ソ連軍によってシベリアに送られてしまったそうだ。収容所では寒さと飢えに晒され、耐えかねて脱走。大陸を歩き通して大連に出、そこで日本への帰国船に乗せてもらったという、強者だった。

「この体験に身よりがないことも手伝い、いつのまにか変な旅行癖がついちゃってね」

近藤さんは頭をかきかき、かつての日々を振り返った。

海外旅行がまだ普通の日本人には夢でしかなかった時代、働いて幾ばくかの金が貯まると、リュックを担いで世界中を旅して回ったらしい。近藤さんの部屋には、そんな旅行の記念品が所狭しと積み上げられ、足の踏み場もなかった。

年老い、金も旅行もままならなくなると、近藤さんは外国人労働者やその子供に、ボランティアで日本語を教え始めた。

「今じゃあ、それが唯一の生きがいよ」

と、近藤さんは俺に笑って言ったものだ。

そして一日の終わりに、昔の思い出に囲まれて缶ビールの一本でも飲めれば、大満足の様子だった。

近藤さんの隣、俺の向かい部屋を使っていた平田《ひらた》さんという女性は、近藤さんよりはずっと若かったものの、やはりそれなりの歳だった。

生まれは雪深い東北で、東京に憧れ、つまらない男と駆け落ちのようにして東京に出たそうだ。

その結婚生活はすぐに破綻した。

若気の誤ちだったが、男がいつまでもつきまとうせいで、実家に帰ることもできなかった。結局、東京にほど近い中途半端な小都市の片隅で、ひと目につかないようひっそりと暮らしてきた。

平田さんの小さな勤め先は、俺の場合と同じで、せっかく馴染んでも、ちょっとしたことで潰れてしまったという。四十過ぎて癌に罹り、働けない時期もあったらしい。そんなこんなで貯金が底を突き、生活保護を受けていたこともあると話していた。

もっとも俺が知り合った頃は、癌も治癒し、昔の悪縁に煩わされることもなくなっていた。そして、昼間は近くの店の手伝いをさせてもらい、夜は自室でテレビの時代劇を見たり、古い歌謡曲を聞いたりしていた。

そんなふうに、無事に、安穏に、一日が過ごせることが、何よりありがたいと、平田さんはいつも感謝していた。

近藤さんも、平田さんも、俺が肩を張らずに付き合える相手だったから、共同台所で湯を沸かしたり、洗面所で洗濯をしたりしながら、ふたりの過去を聞くでもなく知るようになっていた。

ぶらぶらアパートに引き返しながら、俺は自分の身の上話の延長で、回りの人たちのこうしたあれこれを語った。

「ふむ、近藤さんも平田さんも、根は悪くないみたいだな」

小さなぬいぐるみは上から目線で評した。

「いろんな経験を積んでいるから、周平が学ぶべき点も少なくないだろう。だが、周平はまだ若い。周平は近藤さんたちよりももっと、未来を見据えた、将来性のある生き方を心がけなきゃあな」

その夜ですべてを終わりにしようという俺に、未来も、将来性もないだろうと、反論しかけたとき、福々荘が姿を見せた。

長年風雨に晒されてきた板壁や瓦屋根は、冬の夜の暗さでもみすぼらしさを隠しきれなかった。しかも、でこぼこのトタン看板の、ところどころペンキが剥げ落ちた福々荘の文字が、ざらざらした街灯の明かりを受けて、崩壊寸前のアパートの侘しさを一層募らせていた。
　連れが神の子などでない、単なるちっちゃな青いぬいぐるみでしかなかったとしても、
我が家がもう少しましな姿であればと、願わずにはいられなかった。
　アパートを見上げた青馬《せいま》は、落胆の色を隠せなかった。
　俺が階段に通じる扉を開け、上へと登り始めても、やたら口数の多いぬいぐるみは何
のコメントも挟まなかった。
　当時の俺の部屋は閑散としたものだった。
　窓には薄い既製品のカーテン、天井から小さな電灯がぶら下がり、四畳半の古畳の中
央に、暖房と座卓を兼ねた七五センチ正方のこたつ、部屋の片隅にプラスチックのゴミ
箱、柱に安時計が掛かっているだけだった。
　テレビやラジオは持っていなかった。壁にポスターを貼るような趣味もなかった。
　わずかな布団も服も、身の回り品も、すべて押し入れの中だった。
　俺は買い物袋とクリスマスケーキの箱をこたつの天板に下ろし、青馬をコートポケッ
トから取り出して、その横に座らせた。

それから、押し入れを開けた。

押し入れの片隅に、スーパーから持ち帰った段ボール箱を棚代わりに、内側にタオルと洗面器、それに魔法瓶を、箱の上に食器と箸を並べていた。

俺は全財産の入った薄い財布を箱の横に置き、コートとスーツを脱いでセーターとスラックスに着替え、その上から半纏を羽織って、普段の俺らしい楽な格好になった。

俺が魔法瓶と湯飲み茶碗、箸と皿を取り出し、押し入れの襖を閉めると、青馬は心許なげにあたりを見回した。

「思ったより片付いているんだな」

「散らかすほどの物がないからな」

皮肉られる前に先手を打った。

「ここまで何もないと、むしろ感心するよ」

感心しているというよりも、呆れかえっているように見えた。

青馬は両肩を抱え、ぶるると身を震わせた。

俺はこたつのスイッチを入れ、青馬をこたつ布団の端に入れてやった。

そして青馬に習い、俺も両足をこたつに突っ込んだ。

げた。

「周平も、根は優しいのになあ」

こたつの仄かな温もりにほっこりしたのか、青馬は俺に対する態度をちょっぴり和らげた。

「人間、優しいだけじゃあダメなのさ」

冷え切った体にこたつ布団を引き上げながら、俺は肩をすくめた。

「運も才能のうち、って言うだろう?」

俺は天井の染みが作り出す曼荼羅模様を見上げた。

「今のご時世、運を切り開くには、人を利用したり、押しのけたり、ときには人を傷付けたり、踏みにじったりしても、自分を押し出してゆける強さがなけりゃあ。だけど、俺はそういうのが苦手なんだ。そんなにまでして成功しなくてもいいじゃあないかと、思ってしまう。ごく普通に、人並みの生活が送られさえしたら、それでいいってな」

俺は青馬に目を落とし、苦い笑いをこぼした。

「ところがそれじゃあ、世の中が許さない。真面目に、正直に、こつこつ働いているだけじゃあ、いつのまにか落ちこぼれ、あとは坂道をころころ転げ落ちてゆくんだ」

「あー、また、そんなだらしないことを!」

青馬は両肩までこたつ布団に埋《うず》めながらも、思いっきり顔をしかめた。

「人を騙したり、傷付けたりしろとは言わないさ。だけど、もう少し前向きに、希望が持てる生き方ができないものかねえ!」

「前向きに、希望が持てるように、ねえ……」

俺は青馬のしかめつらから目を逸らし、溜息をついた。

「口で言うのは易しいさ。だけど俺だって、手を拱いてばかりだったわけじゃあない。俺は俺なりに、精一杯努力してきた。その結果が、これだものな」

俺はこたつ布団の上に出した首を左から右へ、一八〇度、回した。

「青馬は俺に、いったいどれだけ頑張れって言うんだ?」

「だからって、人間、諦めたら終わりじゃあないか」

布団から顔だけ覗かせた状態で、青馬は額に皺を寄せ続けた。

「いいじゃあないか。別に誰に迷惑をかけるわけでもない。むしろ、生きている方が迷惑になる人間だっているものさ」

俺は幾分投げやりな口調で言い返した。

青馬が再び口を開こうとした。

俺は温まったばかりの片手をこたつから抜き放ち、青馬をぎゅっと押さえ込んで、強引に話を打ち切った。

青馬が言いたいことはわかっている——と思った。

もう頑張れない自分が、自分でもひどく情けなかったからだ。

兄貴みたいに、どんな状況でも、次々と新しいアイデアを出し、いろいろ挑戦してゆけたらどんなによかったか——そうできるよう、努力しなけりゃあならないんだと、頭では理解していた。

けれど、世の中の人間、みんながみんな、そんなふうに立派に振る舞えるほど優秀でも、強くもない——と思った。

それについては親父やお袋に申し訳ない、という気持ちもあった……。

青馬は俺の手の中でしばらくもがいていたが、やがて諦めた。

俺はゆっくり手を離した。

青馬は膨れ面をし、鼻をつんと立てて、白いたてがみを梳《す》きなおした。

俺は天板に置いた買い物袋からクリスマスディナーセットの箱を取り出した。

赤と緑の洒落た箱の中に、紙袋にくるまれたフライドポテトと鶏足《とりあし》の唐揚げが並び、その横に小さなプラスッチック容器がふたつ、きちんと積み重ねられていた。

ふたつの容器にはそれぞれ、赤い人参と黄色いコーンを混ぜ合わせたポテトサラダと、半透明の春雨を千切り大根と胡瓜ときくらげで和えた、酢のものサラダが入っていた。

俺は蓋を外したプラスチック容器を、そのまま天板に並べた。

それからフライドポテトと鶏足の唐揚げを紙袋から取り出し、手持ちの皿に盛り付けた。

小さな天板の上が急に賑やかになった。

鶏足一本、丸々の唐揚げは久し振りだった。

子供の頃、クリスマスイブには決まって、鶏足の唐揚げを食べさせてもらった。当時は肉なんて滅多に口にできず、鶏足の唐揚げは贅沢品だった。それでもクリスマスには必ず家族全員の皿に鶏足が一本ずつ載るよう、お袋はあれこれやりくりしていた。

その夜の鶏足の唐揚げは、スーパーが提供していた惣菜にすぎなかったが、遅い時間に揚げられたのか、周囲のパン粉がかりかりしていて結構美味《うま》かった。

兄貴のことだ。今頃はきっと、親父たちにもっと豪華な食事をさせてやっているに違いない。だけど、クリスマスはやっぱり、これ、鶏足の唐揚げだよな！

俺は両手で鶏足にかぶりつきながら、肉の甘さに大きな舌鼓を打った。

青馬が俺の方にすり寄ってきて、ちっちゃなへらのような手をチョイチョイと動かして催促した。

俺は汚れていない両手首を使って、青馬を天板に上がらせてやった。

そしてサラダ容器の蓋を皿にして、鶏足の一番ジューシーなところを少し、それに二種類のサラダもちょっとずつ取り分け、フライドポテトも数本、載せてやった。

ぬいぐるみにものが食べられるのか、って？

俺がサラダを一口食べているあいだに、皿の上は綺麗に空になっていた。

俺が再び鶏足に手を伸ばすと、青馬がじーっと見つめている。

俺はもう少々肉を分けてやり、サラダやフライドポテトも付けてやった。

青馬は嬉しそうに足踏みし、料理はあっという間にどこかに消えていった。

「神様の子なら、もっと贅沢に慣れているんじゃあないのか」

気位が高く、態度のでかい、生意気な奴、と思っていたから、この反応は意外だった。

「だって、うちの親父は質素倹約がモットーだし、貢ぎ物はあまりもらいたがらないから。僕の普段の食事ときたら、霞ばっかだよぉ」

青馬は鼻先を手でこすりながら弁解した。

それから、やや控えめな称賛を付け足した。

「それに、まあ、スーパーの惣菜にしちゃあ、なかなかいけるんじゃない？」

笑いがこみ上げてきた。

ちっぽけなぬいぐるみであろうと、食卓に連れがいるのは、しかもスーパーの惣菜にも舌鼓を打つような食いしん坊の仲間がいるのは、楽しいことだった。

料理を平らげると、俺は魔法瓶に入れてあった茶を湯飲み茶碗に注ぎ、青馬に渡してやった。俺自身は魔法瓶の蓋を使った。

「お茶を飲むなら、ケーキを食べよう！　クリスマスケーキ！」

青馬に催促され、俺はケーキの箱を引き寄せた。

すると青馬は両腕を揺すってリズムを取りながら歌い出した。

「ジングルベール、ジングルベール、ジングルオールザウェイ！」

「へえ？　青馬はクリスマスソングが歌えるんだ」

箱の蓋を開きかけた手を止め、感心した顔を青馬に向けた。

「この時期、あんな店先に座っていたら誰でも覚えてしまうさ」

青馬はにこにこ顔で答え、

「それに僕ぁ、楽しいことが大好きだからね！」

と、腰に手を当てて宣言した。

だが、青馬の言葉はそこで止まらなかった、

「大体、人の世には楽しいことがいっぱいあるのに、それに気付こうともしない馬鹿が多すぎるんだよ。他の者を羨んだり、妬んだりと、無駄なことばかりにエネルギーを費やしてさぁ」

俺は青馬の憎まれ口を無視し、ケーキの蓋を持ち上げた。

白いもってりした生クリームの上に、大きな赤いいちご、赤い服を着た砂糖菓子のサンタクロース、緑のアンゼリカでできた柊の葉、それに金色のメッセージプレートが載ったクリスマスケーキが、誇らしげに鎮座していた。

俺は蓋が邪魔にならないよう、畳の方に下ろした。

「おい、このケーキを誰に買ってもらったか覚えていて、それを言うか」

俺は青馬の口を、親指と人指し指で左右からしっかりつまんだ。

うぐっと呻いて、青馬の顔がなんともひょうきんに崩れた。

俺は思わず吹き出した。

「あ、青馬のおもしろい顔、発見！」

青馬はバタバタと手を振り回して俺の指から逃れた。

「見た目がぬいぐるみだからって、僕の体をおもちゃにするなぁ！」

青馬は全身で怒りを爆発させた。

「これも、見逃しちゃあならないこの世の楽しみだろう？」

俺はにやにやしながら反論した。

青馬は天板から跳ね上がり、俺に向かって思いっきり足蹴りをくれた。

ちっちゃな柔らかい足のキックだ。まともにぶたれても、痛くもなんともなかった。

俺は乱暴なぬいぐるみを両手でしっかりキャッチし、膝の中に押さえ込んだ。

力ではかなわないと悟った青馬は、口による攻撃に切り替えた。

「つまらない冗談なんか言ってないでさ！　もっと、ちゃんとした楽しみ方を考えろ、ってんだ！　せっかくクリスマスケーキを奮発したんだろうが。ひとりで食べたら、もったいないと思わないのか！」

「はあ？」

思わず、間抜けた返答をした。

青馬が買って欲しいというから買ったクリスマスケーキだった。俺は、それについて何も考えちゃあいなかった。

青馬は大仰に溜息をつき、まったくしようがない奴だなあという諭し顔になった。

「クリスマスケーキなどというものはね、みんなで分かち合えば、その分、楽しさ、美味《おい》しさが、倍増するもんだよ」

そして、

「ケーキ、僕ぁ、四分の一でいいからさぁ」

と、気前よく譲歩した。

「周平も四分の一で我慢したら、近藤さんと平田さんを招いてあげられるだろう？」

俺は憮然とした。

「そこまでの付き合いはしていない」

そもそも、他人を招待するような部屋ではなかったし、それだけの皿もなければフォークもなかった。

「みんなで食べたほうが楽しいのになあ」

青馬は残念そうな顔をしたが、それについて、それ以上固執することはなかった。代わりに背伸びして、俺の膝の上からクリスマスケーキの方に身を乗り出し、天板の縁を叩き、体を揺すりながら、元気よく歌いだした。

「吹雪をつき、丘を越えて、そりは行くよ、心は躍ーる！

燃える血潮、若い翼、空駆ける希望だ、憧れだ！

へィ！」

青馬はかけ声と共に、握り絞めた片手をきゅっと高く突き上げた。

「ジングルベール、ジングルベール、ジングルオールザウェイ！

嵐も吹雪も消えてゆくぅう！」

子供の頃、クリスマスケーキを前にして、いつも家族全員で歌った曲だった。

青馬の声につられ、歌詞が自然と口を突いて出た。

「ジングルベール、ジングルベール、ジングルオールザウェイ！

ランランランラ、ランランランランラン、朗らかに！」

家を離れてからは一度も歌ったことがなかった。それでも、ちゃんと覚えていた。

俺たちは声を合わせて、もう一度歌った。

俺が一緒に歌うと、元気倍増となった青馬は天板の上に飛び上がった。そして、リズムに合わせてぽっちゃりした尻を左右に振って、元気よく踊った。

子供の頃、親父が買ってくれたソノシートで、兄貴と俺がクリスマスソングを歌った。

『ジングルベル』は家族全員で歌った。

一番幼かった俺は、『ジングルベル』になると、青馬のようにめちゃくちゃな振り付けで踊りまくり、みんなを笑わせたものだった。

「確かに、ふたりで食べるようなものじゃあないよなあ」

俺はケーキを見下ろしながら呟いた。

「ケーキを切り分けて持ってゆける皿もないし……。近藤さんと平田さんに、それぞれに皿を持ってきてもらい、一緒に食べないかと、誘ってみるかぁ」

俺が腰を上げると、青馬は両手を叩いて喜んだ。

ひょっとして、最初からこれが狙いだったかな。

部屋の戸を開けながら、俺はふと頭をひねった。

青馬はクリスマスケーキを前に、まだ尻を振りながら踊り続けていた。

＊　＊　＊

向かいの平田さんの部屋の戸を叩くと、平田さんはすぐに出てきた。そして、ケーキを食べるための道具持参で、という誘いにも、喜んで応じてくれた。

それから、奥の、近藤さんの部屋の戸を叩いた。

返事はなかった。

「近藤さんは耳が遠いから、補聴器を外していたら聞こえないかも」

平田さんに注意され、思いっきり戸を叩こうとしたとき、廊下の反対側、トイレの戸が開いて、近藤さんが姿を現した。

「あれ、どうかしたかね」

俺が事情を説明すると、

「ほ、ほ、ほぅ」

と、まるでサンタクロースのような声を上げて喜んでくれた。

「お兄《にい》ちゃん、ケーキを食べるなら紅茶があった方がいいわね？」

平田さんに聞かれて、俺は慌てた。

紅茶のような、そんな洒落たものはなかった。

「私が持ってゆくわ」

平田さんは安心させるように、俺に向けて手をひらひらさせた。そして、

「近藤さん、お皿とフォークだけじゃあなく、飲み物の入れ物も持ってきてね」

と、近藤さんに声をかけた。

「おう、おう」

近藤さんは嬉しげに応じた。

俺は急いで部屋に引き返し、青馬《せいま》を天板からこたつ布団の方に追い立てた。そして、空になったサラダ容器や不用の包み紙を買い物袋に突っ込み、ケーキ箱の蓋と一緒にゴミ箱に押し込んだ。

平田さんがさっそく、電気ケトル、紅茶とティーポット、さらには二客の紅茶茶碗と二枚のケーキ皿、二本のフォークを盆に載せて現れた。

「お邪魔しますね」

俺は平田さんの立派な道具に戸惑った。

だが平田さんは、勝手知ったる要領で俺の部屋に入ってくると、コンセントに近い

位置に盆を下ろし、電気ケトルのプラグをコンセントに差し込んだ。

そこに、

「やあ、どうも、どうも」

と頭を下げながら現れた近藤さんは、俺のとあまり変わらない、普通の皿に湯飲み、それに箸を手にしていた。

「あの、部屋が寒くてすみません。他に暖房具がないので、遠慮なくこたつに足を入れてください」

近藤さんと平田さんは互いに向かい合うように座った。

俺もこたつに入りなおし、クリスマスケーキを天板の中央に押しやった。

真っ白な生クリームに赤、緑、金の彩りが映える華やかなクリスマスケーキが、三人の中央に位置した。

平田さんが身を乗り出し、目を細め、頬を緩めた。

「お兄ちゃん、張り込んだのね」

近藤さんも笑顔で相槌を打った。

それから近藤さんは、俺のそばでこたつに足を突っ込んでいた青馬に目を留《と》めた。

「へえ、兄《あん》ちゃんのとこにはぬいぐるみもあるのか」

近藤さんはさっと腕を伸ばし、青馬の頭をわしづかみにした。

俺はぎょっとした。

青馬のことだ。腹を立てると、どんな乱暴な態度に出るか、どんな生意気な口を利くか、知れなかった。

ところが青馬は普通のぬいぐるみのように、おとなしく為されるままになっていた。

近藤さんは青馬のたてがみを撫でてから、天板の上に座らせた。

「なかなかかわいい顔をしたウマだねえ。青い肌色が新鮮だし、くりくりっとした黒目が溌剌としていて、白いたてがみも立派で洒落てる」

自尊心を大いにくすぐられ、青馬はくいと胸を張った。

「木や藁を使った伝統工芸の馬とはまったく違っているし、競馬マスコットの類《たぐい》でもない、こういう色合いや形のウマのぬいぐるみは初めてだなあ。どこで手に入れたんだい」

近藤さんは青馬をしげしげと眺めながら尋ねた。

「あ、ええ……、さっき、たまたま通りかかった店で……、俺も珍しいなあと思って、つい」

俺は弁解がましい説明をした。

「そうかい、そうかい。いいんじゃあないの。清々しい青色をしたウマなんて、そうそういないよ。うん、見ているだけで元気が出る。クリスマスイブに出会ったんなら、きっと兄ちゃんのいいお守りになってくれるだろう」

青馬はにこにこしながら、うん、うん、と頷いていた。近藤さんに対する青馬の人物評価は急上昇したようだった。

電気ケトルのお湯が沸き、平田さんはティーポットに紅茶のティーバッグを入れて、お湯を注いだ。

「平田さんは紅茶なんて飲むんだなあ。さすがに女の人だなあ」

近藤さんは紅茶についても感心した。

「あら嫌だ。こういうことって、凝りだしたら男の人の方が切りがないわよ。私はただ、甘いものが好きだから、ときたま贅沢をしたときに、ティーバックの紅茶を使うだけ」

「わしは番茶がせいぜいだなあ」

「近藤さんはそもそも、お茶よりおチャケの方でしょう？」

平田さんが茶化した。

「アハハ。確かに。わしは菓子より、茶より、ビールだなあ。それが、わしの唯一の贅沢よ」

近藤さんは素直に認めた。

「だけど兄ちゃん、クリスマスケーキだなんて、よく買ったねえ」

近藤さんは改めてケーキを眺めなおし、目を細めた。

「おかげ様でお相伴に預からせてもらえます」

平田さんは俺に向かって頭を下げた。

「そのとおりだよ。こんなふうにクリスマスを祝うなんて……、クリスマスケーキをみんなで囲むなんて、何年ぶり……、いや何十年ぶりかなあ」

近藤さんは遠い目をした。

「近藤さんなら、いろんな国でクリスマスを祝ってきたんじゃあないですか」

俺はケーキを切り分けようと包丁を取り上げながら聞いた。

「そりゃあ、まあな……、あ、待った！」

近藤さんが急に手のひらを立てて、俺を止めた。

「ろうそくがついてるじゃあないか。せっかくだから、明かりを消してろうそくを点そう」

「わぁあ、素敵ぃ。大きなケーキなんだから、ろうそくを点けなきゃあもったいないわあ！」

平田さんが手を打って賛同した。

「だけど俺んとこ、マッチもライターもないですよ」

俺は情けない顔で首を振った。

すると近藤さんは、ろうそくを一本手に取って共同台所に行き、ガスコンロで火を点して戻ってきた。

「頭を使えば、物がなくても大概はやってゆけるもんさ」

近藤さんは笑顔で、火の点いたろうそくを俺に手渡し、残っていた四本のろうそくをケーキに挿した。

そのあいだに平田さんは、ティーポットからティーバッグを取り出し、ティーポットをこたつ布団の下に収めた。

俺は手にしたろうそくで四本のろうそくに火を点し、最後に、手にしていたろうそくをケーキの中央に立てて、電灯の線を引っ張った。

貧弱な四畳半が消え去り、近藤さん、平田さん、それに青馬と俺は、五つの仄かな明かりに照らされた小さなクリスマス世界《ワールド》を囲んでいた。

「あ、あの……」

平田さんがちょっと高い声で切り出した。

「歌、歌わない？　……『きよしこの夜』、とか？」

「お、いいねえ。それならわしも歌える」

「あ、俺も」

「じゃあ……」

と言って、平田さんが細い声で歌い出し、近藤さんと俺が声を合わせた。

「きよしこの夜、星は光り。

救いの御子は御母の胸に、
眠りたもう、いとやすく」

歌っているうちに、青馬がこっそり俺の方に寄ってきたので、そっと抱きかかえてやった。

歌が終わると、俺たちは何となく互いに小さな拍手をしあった。

「じゃあ、兄ちゃん、吹き消して」

近藤さんが俺を促した。

子供の頃、そういうときはいつも願い事をしたものだった。

「みんなで一緒に吹き消しませんか」

俺は提案した。

「それぞれに願い事をして、それから一、二の三で、一緒に」

平田さんがすぐに頷き、近藤さんも同意した。

俺たちはみんな、それぞれに願をかけた。

「じゃあ、いいですか」

俺が念を押してから数を数えると、近藤さんも平田さんも、それに青馬までも、一生懸命に息を吹きかけた。

五本のろうそくはあっさり消え去り、部屋は真っ暗になった。

まるで一緒になって一大事業を成し遂げたかのように、俺たちは笑いながら大きく手を叩いた。

電灯の線を引っ張って部屋が再び明るくなったときも、俺たちはまだ笑っていた。

平田さんは近藤さんと俺の湯飲みを引き寄せ、手持ちの二客の紅茶茶碗と一緒に並べ、こたつ布団から取り出したティーポットのお茶を注いだ。

そして、湯飲みをまず近藤さんに手渡しながら、

「ねえ、ねえ、何をお願いした？」

と尋ねた。

「この歳になったら、願い事はひとつしかないよ」

近藤さんは首筋をかいた。

「来年も無事に過ごせますように、ってな」

「あらぁ、やっぱり？」

平田さんは体を前後に揺らせて笑った。

「私も同じ。来年が平穏な一年でありますように、って」

それから平田さんは俺に湯飲みを手渡しながら、

「お兄ちゃんは？」

と尋ねた。

「あ、うん、俺も似たようなこと」

俺は曖昧に答え、ケーキに包丁を入れることに専念しようとした。

「お兄ちゃんはまだ若いんだから、平穏無事じゃあダメよね」

平田さんは手持ちの紅茶茶碗の一客を青馬に差し出しながら言った。

「余分の一杯、おウマさんにあげますからね。おウマさん、お兄ちゃんにとって来年がとっても良い年になるよう、しっかり守ってあげてね」

青馬は驚いたようだった。

だが俺の衝撃はそれ以上で、俺は包丁を持つ手を宙に浮かせたまま平田さんを見た。

楽しい夜ではあった。だがそれもこれも、その夜ですべてが終わりになるから実現したことに他ならなかった。

俺は、それを忘れてはいなかった。

だからろうそくを前に俺が願ったのも、自分のことじゃあなかった。俺は、田舎の親父とお袋のことを祈っていた。

平田さんは何のわだかまりもない幸せそうな顔で、ケーキが配られるのを待っていた。

俺は手が震えないように注意して、ケーキを四等分した。そして、近藤さん、平田さん、それに自分の皿にひと切れずつ載せ、最後のひと切れが載った箱を青馬の前に置いた。

すると平田さんは、そのひと切れを、持ってきたもう一枚の皿に移し、青馬の前に置かれた紅茶茶碗の隣に並べた。

ちゃんとしたケーキ皿と紅茶茶碗でもてなされた青馬は、いかにも得意げだった。

他のふたりがいなかったら、天板の上を跳ね回って喜んだに違いない。

ケーキのスポンジ生地は柔らかく、生クリームは程よい甘さだった。誰もが小さなひと切れをできるだけ長持ちさせようと、少しずつ、ゆっくり口に運んだ。

そうしながら、俺は近藤さんに、海外でのクリスマスの思い出話をねだった。

近藤さんは戦争のどさくさの中で育ち、小学校でも、中学校でも、まともな授業は受けられなかったと言った。

「それでも、シベリアに抑留されているうちにロシア語を覚え、東京に戻ると、占領軍のアメリカ軍人相手に英語を身に付けた。その語学力のおかげで、随分とおもしろい仕事をさせてもらえたよ」

通訳として、海外に行く機会もあったらしい。また、そうやってできた国際的な伝手《つて》を駆使し、給料が少し貯まるたびにあちこちを旅して回ったと言った。

「パリやミュンヘンの、華やかなイルミネーションや賑やかなクリスマスマーケットもよかったがね。しかし一番の思い出となると……、そうだなあ、やっぱり、ハンガリーの片田舎を旅していたときのクリスマスかなあ。たまたま出会った家族がクリスマスディナーに招いてくれたんだ」

近藤さんは遠い目で懐かしい顔を思い浮かべて微笑んだ。

「爺さん夫婦、息子夫婦、孫たちだけじゃあない。近所に住む親族が大勢寄り集まってきてな。それぞれが皆、手作り料理を持ち寄って。和気あいあい、寛いだ明るい笑顔が溢れていた。わしは早くに身寄りを亡くしたせいもあって、自由気ままに生きてきた。それはそれで楽しかったし、後悔しちゃあおらん。だが、あのときの家族の温もりには今でも心が揺さぶられるよ」

近藤さんはアフリカやアジアも広く旅していたから、クリスマスの思い出は尽きなかったはずだ。それでも頃合いを見計らうと、自分の話は打ち切り、平田さんに水を向けた。

平田さんの実家は東北のとある県庁所在地で洋装店を営んでいたらしい。

「商売柄、毎年師走が近づくと、店の入り口に飾るために、大人の背丈を越えるほどの大きな樅《もみ》の木を買っていたわ」

平田さんは両手を伸ばして、その高さを強調した。

「プラスチック製の模造品じゃあなくて、本物の、生木の樅の木よ」

平田さんは目を細めて記憶をたぐった。

「最初は、母《かあ》さんを手伝って飾り付けをしていたの。けれど小学校の中学年になると、私ひとりに任せてもらえるようになった。綺麗に飾り付けて、みんなに賞めてもらおうと、毎年、あれやこれや工夫を凝らしたものよ」

最初はまず、真綿を薄く引き伸ばし、枝に被せて雪景色を作った。

「本物の雪らしく見せるのがなかなか難しくてね。それにオーナメント同士のバランスもあったし。すべてのオーナメントが映えて、しかも全体の調和が取れたひとつの作品になるよう、何度も飾りなおしたわ」

昔のことで、オーナメントは皆、ひとつひとつ手作りの品だったと言う。

レースの衣装が豪華な白い天使。実物をそのまま小さくしたような、精巧な、ラッパやハープなどの楽器類。吹きガラスに装飾を施したボールオーナメント……。

どの品も皆、平田さんの記憶の引き出しに大切に収められていた。

「若い頃は東京の華やかさにばかり目がいって、手にしているもののありがたさに全然気付かなかった……。今思えば、贅沢な話なんだけどねえ」

平田さんは少し寂しそうに微笑んだ。

それから気を取り直して付け加えた。

「でも、そういう素敵な思い出があるだけでも、幸せなことよね」

そして俺の方に振り向き、問いかけるような眼差しで首を傾げた。

俺は頷いた。俺にもまた、そういった暖かい思い出があった。

キリスト教とは無縁の家だったのに、クリスマスになると、お袋は必ず、クリスマスケーキを買い、鶏足《とりあし》の唐揚げとコーンスープの、当時の我が家ではめったにお目にかかれなかった洋風料理を用意してくれた。

兄貴と俺は小さなレコードプレーヤーに空色のソノシートをかけ、声を合わせてクリスマスソングを歌った。最後の『ジングルベル』では、親父やお袋も加わって、みんなで歌った。

「サンタクロースも、毎年来てくれましたよ」

毎年、クリスマスの朝には枕元に綺麗な包みのプレゼントが置かれていた。

ある年、頭の良い兄貴が、うちには暖炉がなくて煙突が使えないのだから、サンタクロースが戸締まりされた家に入ってくるのはおかしい、と言い出したことがあった。

「俺が兄貴に刃向かったのは、あれが最初で最後でした。あのときだけは、断固、おかしくなんかないって、逆らいましたね。サンタクロースは神様みたいなものだから、人間には思いもつかない術《すべ》があるに違いないって」

子供らしい議論を、近藤さんも平田さんもおもしろがってくれた。

ケーキはとっくに食べ終えていた。お茶のお代わりもすんでいた。それでも、話はなかなか尽きなかった。

ついに、近藤さんが時計を見上げ、

「やあ、すっかりご馳走になったなあ」

と、お開きを告げた。

近藤さんは自分の皿と湯飲みと箸を持って立ち上がった。

俺は青馬のケーキと紅茶を俺の皿と湯飲みに移し、平田さんが構わないと言ったけれど、共同台所に持っていって洗った。

共同台所で各自それぞれに洗いものをしながら、俺たちはまた少し話し続けた。

それから平田さんに食器を返して部屋に戻ってくると、俺の皿に載っていたはずのケーキも、湯飲みになみなみと入っていたはずの紅茶も、綺麗になくなっていた。

「あー！」

俺は思わず声を上げた。

「だって、僕のだったんだもーん」

青馬は当然という顔で、腹鼓を打った。

そのとき、トントンと戸が叩かれ、近藤さんが再び顔を見せた。

「兄ちゃん、これ」

近藤さんは缶ビールを一本差し出した。

「たいしたもんじゃあないけど。今夜は、すごくいい思いをさせてもらった。ありがとうな」

「え、御礼なんていいですよ」

俺は手を振った。

「まあ、そう言わずに飲んでくれ。こっちの気持ちなんだから」

近藤さんは缶ビールを戸口近くの床に置いて、戸を閉めた。

俺はその缶ビールをこたつの天板に載せ、もう一度共同台所に行き、自分の、けれども最後は青馬のケーキと紅茶が入っていた、皿と湯飲みを洗った。

なんだか変な夜だよなあ、と思った。

そもそも、あのぬいぐるみと出会ったあたりから、物事はどこかいつもと違った方へ転がり始めたようだった。

まあ、おかげで近藤さんや平田さんと、思いもかけない楽しいクリスマスイブを過ごせたわけだが。

それにしても、ぬいぐるみがケーキを食べ、紅茶を飲んで、いいものだろうか。

それとも、ぬいぐるみのように見えるだけで、本来は神の子なんだから、そんなこともありえるのだろうか。

もっとも、神の子にしては、少々食いしん坊すぎやしないか。いくら普段、霞しか食っていないと言ったって、鶏足の唐揚げだの、フライドポテトだの、クリスマスケーキだのに、目を輝かす神の子なんて、いていいものだろうか。

それに、近藤さんや平田さんの前では、青馬はただの、普通のぬいぐるみにしか見えなかった……。

首を傾げながらも、洗い終えた皿と湯飲みを手に引き返して、俺はまたまた仰天した。

「嘘だろ！」

天板の上、口の開いた缶ビールのそばで、青馬は腰に手を当て、ぽっちゃりした尻を左に右に、すいすい、すいすいと泳がせながら踊っていた。

青い頬がほの赤い。

缶ビールを取り上げてみると、中身はまだかなり残っていた。だが青馬はほんのちびだ。量は必要なかったのかもしれない。

「こら、神の子って言ってたが、お前、まさか未成年じゃあないだろうな」

青馬は手をひらひら上下させ、

「お前、じゃあない、青馬、だってぇ。この世界ができる以前からおわします神様の子なんだから、周平なんかと比較にならないほどの歳に決まってるじゃあないかぁ。おまけに、神の一族は天地創造の初めから、酒が大好物だよぉ！」

と、歌うような調子で答えた。

本当におかしな夜だった。

おかしなぬいぐるみ、おかしな神の子だった。

俺はこたつに入りなおした。

すると俺の目の前に青馬がいて、いかにも満足げな、幸せそうな顔で、腰に手を当て、ぽっちゃりした尻を左にすいすい、右にすいすいと泳がせた。

「あのな」

俺は幸せそのもののようなぬいぐるみに問い質した。

「俺は今夜、自殺しようっていうの、わかってるよな？」

青馬は尻の動きに合わせて、ちっちゃなへいらのような手を左に右に、フラダンスを踊るかのように漂わせ始めた。

「僕ぁ、別に周平と心中するつもりはないも｜ん。死ぬなら、勝手に死んでよねえ」

この科白《せりふ》にはカチンときた。

「おい、俺はお前を買ったんだぞ。言わば、お前の主人だ。そんな冷たい言い草はないだろうが！」

「お前、じゃあない、青馬、だってぇ。そんなに主人面《づら》したいんなら、主人らしく、ちゃーんと、僕が幸せになれるよう取り計らって欲しいよなぁあ」

青馬は俺の心情など上の空というように、うららかなステップを踏み続けていた。

青馬の動きに、俺は頭がくらくらし始めた。

俺はまだ手にしていた缶ビールを天板に置き、代わりに青馬をぎゅっとつかみ取って膝の中に押し込め、その上からこたつ布団を掛けた。

青馬は最初バタバタともがいていたが、すぐにスースーと寝息を立て始めた。

「あ、こら、勝手に眠るな」

俺はこたつ布団をめくり、青馬の頬を叩いたが、酔いが回ったのか、目を覚まそうとはしなかった。

青馬に眠られると、部屋は急にもの寂しくなった。

俺は缶ビールを取り上げ、ひと口、ふた口、あおった。

寒い部屋だったのに、足をこたつに入れていたせいか、冷たいビールがひどく美味かった。

営業をしていた頃には、付き合いで少し飲んだこともあった。けれども酒が美味いと思ったことは、一度もなかった。以後は、節約の意味もあって、酒から完全に遠ざかっていた。

久し振りのアルコールだった。

残りのビールをぐいぐい飲み干すと、体の芯がぽっと温まり、気分も寛いできた。

青馬のように踊り出すことはなかったが、座っているのが億劫になった。

俺は青馬を胸に抱えて横になり、足を曲げて小さなこたつに斜めに潜り込み、こたつ布団を肩まで引き上げた。

青馬は無邪気な顔で俺の胸にもたれかかり、気持ち良さそうに眠っていた。

その白いたてがみを、そっと撫でてみた。

内からアルコールの温もりが、外からはこたつの熱が体を包み込み、ほんわかとした安らぎが訪れた。

瞼が落ちる直前、今夜、自殺するんだった、と思った。

まあ、今夜が明日の朝になっても、どうということはない。

願わくば、こうして気持ち良く眠っているあいだに死ねたら一番いいのに……。

＊　＊　＊

「山田さん！　山田さん！　山田のお兄《にい》ちゃん！」

ドンドンと戸が叩かれ、名前を呼ばれていた。

平田さんの声だと気付いて、戸を開けて驚いた。

廊下は白い煙でいっぱいだった。

「山田さん、火事よ！　逃げなきゃあ」

足が震え、腰が抜けた。

「逃げるんだ！」

こたつ布団の端から頭を出した青馬《せいま》が叫んだ。

「馬鹿！　腰を抜かしている場合か！」

俺は反射的に青馬をつかみ、半纏のポケットに突っ込むと、よろけながら廊下に踏み出した。

パジャマの上からコートを羽織っただけの平田さんが、奥の東側の戸を一生懸命叩いて、近藤さんの名前を叫んでいた。

「どうしましょう！　近藤さん、気付かないのよ！　何も聞こえていないんだわ！」

俺を振り返った平田さんは泣き出しそうだった。

煙が、近藤さんの部屋の向かい側、物置になっている部屋の戸の隙間から、勢いよく噴き出していた。

「俺がやります。平田さんは逃げて！」

俺は平田さんを階段の方に押しやり、近藤さんの部屋の戸を思いっきり蹴飛ばした。

ちゃちな木の戸だったが、こういう場合にはなかなか外れてくれなかった。

「逃げなきゃあ、焼け死んじゃうよ！」

青馬が叫んだ。

「神の子なら、力を貸せ！」

俺は青馬に叫び返しながら、戸に体当たりをくれた。

「お兄ちゃん、火が！」

階段の上がり口で躊躇《ためら》っていた平田さんが、怯えた叫び声を上げて指差した。

俺の背後、物置になっている部屋から火の手が伸び出していた。

「平田さん、逃げて！」

俺は大声で叫んだあと、

「青馬、火を払いのけろ！」

と命じ、全力で戸にぶつかった。

ガクンと、戸が外れた。

室内にはすでに火が回り始めていたにもかかわらず、近藤さんは煎餅布団を頭から被って眠っていた。

俺は近藤さんに声をかけながら、近藤さんと煎餅布団を一緒に抱きかかえるようにして、廊下に飛び出した。

その途端、廊下の端の天井が燃えながら落ちてきた。

「わぁあああ！」

廊下の反対側、階段の上まで逃げたところで、戸惑う近藤さんと煎餅布団を下ろし、先に階段を降りるよう追い立てながら、廊下を振り返った。

そこには、迫り来る炎と煙に向かって大刀《たち》を振りかざして立ちはだかる、青い薄絹の古風な衣装をまとった、勇壮な青年の姿があった。

「早く！　早く！」

階段下から平田さんが叫んだ。

俺は近藤さんのあとを、ころがり落ちるように階段を駆け下り、下駄箱の靴をつかんで飛び出した。

「よかったわ、無事で！」

靴下のまま飛び出した俺に、平田さんは抱きつかんばかりだった。

俺たち三人はひとまず敷地の端まで避難した。そこで靴を履きながら、俺はアパートを振り返り、思わず、へなへなとその場にへたりこんだ。

ぼろアパートは完全に火の海になっていた。

近藤さんもようやく状況が飲み込めたようだった。

震える体に煎餅布団を引き寄せ、それまで手に握りしめていた補聴器を耳に差してから、俺に向かって頭を下げた。

「兄《あん》ちゃん、よく助けてくれたな。ありがとうな」

下の階の三人も無事に逃げおおせていた。

俺たち六人は、敷地の端からぼろアパートが燃え落ちてゆく様を、為す術もなく見守った。

その頃になってようやく、消防車のサイレンが聞こえ、近所の人たちが姿を見せ始めた。

炎の中にアパートのもろい骨格が見えた。

ああ、もう救いようがないなあ、と思った瞬間、はっとして、半纏のポケットに手を当てた。

白いたてがみの先を少し焦がし、鼻面を黒く汚した、疲れ顔の青馬がそこにいた。

俺はほっと胸を撫で下ろし、目を細めて青馬に囁いた。

「さっき、助けてくれたな」

「神は自ら助ける者を助ける。周平は何よりもまず、僕の安全を確保してくれたし、自分の身の危険も顧みずに近藤さんを助けようとしていたからな」

青馬はちっちゃなへらのような手で鼻先をごしごしとこすった。

煤が鼻から頬にまで広がり、ひどく滑稽な顔になった。

笑いがこみ上げてきた。

その途端、実はとんでもないヘマをやらかしたことに気付いた。

あのまま焼け死んでいたら――そうしたら、わざわざ自殺しなくてもよかったのだ！

「ともかく、みんな無事だったのが幸いだわ」

二階が崩れ落ちる轟音に負けじと、平田さんが声を張り上げた。

「まったくだ！」

煎餅布団をスーパーマンのマントのようにまとった近藤さんが、大声で応じた。

「人間、命さえありゃあ、何とかなる。シベリアからだって歩いて戻ってこられたし、焼け野が原の東京でもちゃあんと生き延びられたんだからな」

「だけど」

と、俺は、近藤さんの部屋一杯に蓄えられていた旅の記念品が炎に飲まれて消えてゆくことを、惜しまずにはいられなかった。近藤さんの歳で、それらすべてを失ってしまうのは、さぞ辛いに違いなかった。

「旅行の思い出の品々が全部焼けてしまいましたね」

「なに、物なんかいらんよ」

近藤さんはきっぱり言い切った。

「物は、わしが死んだあとはゴミになるだけだ。大切な思い出はここに」

と、近藤さんは煎餅布団の下の薄い胸を力強く叩いた。

「ちゃんと残っとる」

「私も、もともとたいした物はなかったから。どうとでもなるわ」

年寄りふたりは逞しかった。

周りでは消火活動が始まっていて、消防士に、もう少し後ろに下がるように促された。

近藤さん、平田さんと一緒に、アパートの敷地から道路の方へ移動しかけたとき、下の階に住んでいた三人が喧嘩を始めた。

「なんて馬鹿なの！　あんた、それでも人学生なの！」

階下に住んでいた女性のひとりが悲鳴のような声を上げ、手にしていた布バッグで、大学生に殴りかかった。

少し年上の、もうひとりの女性が止めに入ったものの、布バッグを手にした女性は、頭を抱えてうずくまる大学生をなおも殴りつけようと抗っていた。

「情けない！　大学で何、習ってんのよ！　まったく、常識ってもんがないの！」

あまりに乱暴な光景に、俺たちの目は自然とそちらに吸い寄せられた。

「どうしたんだね」

近藤さんが若者たちに歩み寄りながら、穏やかな声で尋ねた。

止めに入っていた女性が哀訴の目を向けた。

「あの……、学生さんが火元なんです。小さなストーブだけでは寒くてしようがなかったから、こたつのように上から布団を掛けて温まろうとしたんだそうで……。鈴木《すずき》さんが怒るのももっともなんです。そんなことをしたら火事になるって、子供にだって想像できそうなことじゃあないですか」

事情を聞いた近藤さんは、鈴木さんと呼ばれた女性に柔らかに語りかけた。

「まあ、少し落ち着きましょう。起きてしまったことは仕方がない。学生さんも後悔しているに違いないし。これからどうしたらいいか、何ができるか、みんなで一緒に考えるとしましょう」

振り返った鈴木さんの目は据わっていた。しかし、煎餅布団をマント代わりにした近藤さんの穏やかな皺顔を前に、鈴木さんの表情はゆるゆると崩れ、やがてわっと声を上げて泣き出した。

「何もかも焼けちゃったんですよぉ！　この馬鹿のせいでぇ！」

鈴木さんはヒステリックに泣き叫んだ。

鈴木さんの激しく上下する背に、近藤さんは煎餅布団から引き出した細い手を置き、孫娘をあやすように優しく叩いた。

俺は近くの電柱にふらふらと寄りかかった。

平田さんが俺の様子に気付いた。

「お兄ちゃん、大丈夫？　気分が悪いの」

「ちょっと……、疲れただけです」

俺は平田さんを安心させるように頷いたが、体の中身が全部抜け落ちたような感じがした。

「おい、周平、本当に大丈夫か」

青馬が半纏のポケットから身を乗り出し、心配げな顔を向けた。

俺は青馬を取り出して胸に抱き寄せた。

何かにすがりつかずにはいられなかった。

「お、おい……苦しいよ……」

青馬がうめいた。けれど、抱きしめる手を緩められなかった。

ちっぽけなぬいぐるみが胸の中にいてくれるだけで救われた。

それから、体が小刻みに震え始めた。

その震えが笑いだと自覚するまでに、しばらくかかった。

自分が何を笑っているのか気付いて、俺はやっと青馬を胸から離すことができた。

「まーったく、無茶しやがって」

青馬は肩を回して体をほぐしながら、頬を膨らませた。

「いったいどうしたってんだ。こんなときに、そんなに笑うようなことがあるかぁ」

「笑わないではいられないじゃないか」

俺は青馬に囁いた。

「だって、俺はさんざん、ダメ人間だの、出来損ないだの、間抜け、ドジ、屑、阿保、馬鹿って、言われてきたけどさ」

「そりゃあまた、随分な言われようで……」

青馬は呆れ顔で見上げた。

「だけどそんな俺だって、ストーブの上に布団を掛けるような真似はしやぁしないぞ」

再び笑いがこみ上げてきた。

「大学に行っていて、それだぜ」

「大学は関係ないんじゃあない？」

青馬はちっちゃなへらのような手で、煤で汚れた頬をポリポリと掻いた。

「近藤さんは中学しか出ていなくても、人間としたら俺たちよりはるかに上だよな」

「まあ……、そう言えるかな」

「絶対に、そうさ」

俺は青馬に断言した。

平田さんも立派だった。若者の方がずっと情けなく見えた。

それから俺は、ひょっとして、いつも小綺麗ななりのあの女性たちも、大学出なんだろうかと考え、また笑いがこみ上げてきた。

にやにや笑いながら、俺は身震いした。

今度の身震いは寒さのせいだった。火事の興奮が収まると、半纏を着ていても冬の夜の外気は身に染みた。

火事も収まりかけていた。

周囲はまだ騒然とし、火元になった学生は依然蹲ったままだったが、鈴木さんは少し落ち着きを取り戻したようで、もうひとりの女性住人と抱き合い、何かを囁き合っていた。

近藤さんが警官に、どこかで暖を取れるようにしてもらえないかと頼んでいた。

そこに、福留大家が駆けつけた。

「皆さん、大変でしたねぇ」

大家は興奮した声で俺たちに声をかけて回った。

「どなたもお怪我はありませんか。救急車も来ていますよ。……大丈夫ですか。そういうことなら、まずはよかったです。皆さん、ちょっとここで待っていてください。取り急ぎ、避難所のお願いをしてきますから」

大家は慌ただしく立ち去ったが、最初から腹積もりがあったのだろう。すぐに引き返してきて、近くの地区集会所を避難所として使わせてもらえることになったと告げた。

「そちらなら暖房具も備わっています。電話も使わせてもらえるそうです。まずはそちらに移動して、今後のことを相談させてもらえませんか」

寒空の下の暖かい申し出に、否やを唱える者はいなかった。

福留大家に一階の女性住人ふたりが続いた。それから、近藤さんに引っ張られるようにして学生が立ち上がり、ふたりを見守っていた平田さんと俺がそのあとに従った。

いつのまにか少し先で規制線が張られていた。

俺は列の最後に、規制線の黄色いテープをくぐり抜けた。

すると突然、ライトが当てられ、目の前にマイクが突き出された。

「アパートの住人の方ですか。火事の原因は何ですか。怪我人はいますか。いつ火事に気がつかれたんですか。どこに行かれるんですか。火事についてご存じのことを話してもらえませんか」

驚いて、マイクを突き付けてきた男を振り返った。

男の横にライトがあり、そばでカメラが回っていた。

規制線を警備していた警官が抑止の手を上げて割って入った。それを機に先を急ぎかけたとき、ふと、平田さんの言葉が頭をよぎった。

俺は足を止めて振り返り、マイクを差し出す男に向かって叫んだ。

「アパートは焼けちゃいましたが、みんな無事だったんで、よかったです！」

どうしてそんな余計なことをしたのかわからない。俺らしくない、出しゃばった行為だった。

けれども他のみんなを追いかけながら、そう大声で告げられた自分を、ちょっと誇らしく感じていた。

驚いたことに、集会所にはすでに暖房が入っていただけじゃあなかった。

俺がそれまで一度も言葉を交わしたことがない、名前も顔も知らない人たちが、暖かい飲み物や毛布、着替え用の衣服などを持って、集まってきていた。

ビールを飲んで早々と寝込んでしまったせいで、真夜中に叩き起こされたような気がしていたが、実は、火が出たのは九時過ぎのことで、ほとんどの人はまだ起きていた。

福留大家の日頃の付き合いも良かったのだろう。アパートが全焼とわかると、地区長が迅速に音頭を取り、近隣の心ある人たちに声がけしてくれたらしい。

集会所に着いて最初に聞かれたのは、寒くはないかということだった。

俺は、セーターとスラックスに半纏という成りだったし、集会所は俺の部屋よりも暖かくて、半纏もいらないほどだった。

俺は、大丈夫だと、礼を言った。

一方、寝間着やパジャマの上から煎餅布団やコートを羽織っただけの近藤さんと平田さんは、着替えをもらって楽な格好になった。

火元となった大学生がいの一番に、入り口横の電話に飛びついた。

おそらく実家に連絡を取ったのだろう。しばらくのあいだ泣きじゃくりながら何事かぼそぼそと訴えていたが、その後も受話器を握りしめたまま動こうとはしなかった。

しびれを切らした鈴木さんが、受話器をひったくるように取り上げた。

大学生はおどおどと広間に入ってきて、両親が車ですぐにこちらに向かうと、かすれ声で福留大家に報告した。もっとも、親が着くまでかなり時間がかかるらしかった。

大学生は毛布をもらい、それを頭から被って、部屋の隅で小さくなった。

鈴木さん、それに続いてもうひとりの女性住人も、それぞれの実家に窮状を知らせ、親戚や友人と連絡を取り合い、鈴木さんは近くに住む親戚の家に、もうひとりの女性は職場の友人のもとに、泊めてもらう手配がついたようだった。

「兄ちゃんも、家族に連絡しなくていいのかい」

近藤さんが聞いてくれた。

俺は首を振った。

「今年は正月にも帰省していないし、ここに越してからは、電話ひとつかけていないんで。わざわざ、火事に遭ったたって伝えるまでもないですよ」

近藤さんは少し首を傾げ、そうか、とつぶやいた。

「わしには親戚と呼べるようなものもないがね。あんたもいいのかい」

近藤さんは平田さんを振り返った。

平田さんはやけにさっぱりした表情で、

「親が死んでからは、兄弟との付き合いも途絶えてしまいましたからねえ。ここにも、これといった友達がいるわけじゃあなし」

と、己を見限った。

けれども最初に集会所に駆けつけたのは、夜のニュースを聞いて驚いたという、近藤さんがボランティアで日本語を教えている外国人たちだった。

続いて、平田さんの仕事先での知り合いが、やはり夜のニュースで知ったと、あれこれ差し入れを抱えて立ち寄った。

数日前まで俺が働いていた仕出し屋のおばさんたちは、火事に気付いていないのか、自分のことで手いっぱいだったのか、誰ひとり顔を見せなかった。

仕出し屋では若い男は俺ひとりで、結構可愛がってもらっていたのになあ、などと、ぼんやり考えながら、俺は半纏のポケットから青馬を取り出して膝に座らせ、セーターの袖口を使って、煤で汚れた顔を拭いてやった。

「体が温まりますよ」

近所の奥さんと思われるエプロン姿の人がやってきて、熱々の生姜湯が入った湯飲みを手渡してくれた。

生姜湯の暖かな刺激が、喉から胸へ、そして腹へと、落ちていった。

青馬がちっちゃなへらのような手で俺の膝を叩いた。

湯飲みを差し出してやると、青馬は両手に湯飲みを抱えて口をつけた。

「生姜湯って美味《おい》しいなあ。心まで温まる」

青馬は満足げな息を吐き、目を細めた。

「周平みたいな奴でも、困っているとなると、見知らぬ人がこんな美味しいものを無償で差し出してくれる。人間も、まんざら捨てたもんじゃあないよなぁ」

「俺みたいな奴で、悪かったな」

俺が乱暴者だったら、青馬の頭に拳固のひとつもくれていただろう。本当に口が減らないぬいぐるみだった。

「これがどんな贅沢か、周平はわかっちゃあいないからな」

青馬は態度を改めなかった。

「俺だって感謝してるさ」

俺は青馬から湯飲みを取り返し、ありがたい飲み物を自分の胃の腑に落とした。

そんな俺を、青馬はじっと見つめていた。

「天上になら、もっと贅沢な食べ物があるだろうに」

俺は青馬の視線を無視して言った。

「ない、ない」

青馬は小さな両手を大きく振った。

「神様への貢ぎ物なんて、いつだって願い事と引き換えだろ。親父は筋の通らない貢ぎ物は受け取らないし、上に立つ者が贅沢三昧じゃあ、世の中がうまく治まるはずがない、ってのが口癖なんだから」

青馬は肩を落とした。

「へえ……、そうなのか」

「そうさ。全知全能で、何でもわかっちゃうし。清廉潔白で、嘘偽りがあっちゃあならないし。とにかく、すべてが完全無欠じゃあないといけないんだから、大変なんだ」

青馬が口を尖らすので、俺は思わず失笑した。

「神様はともかく、神の子の青馬は、どうも完全無欠というわけにはいかないようだなあ」

「周平にそんなことを言われる筋合いはない！」

青馬は俺の膝をバンと叩いた。もっとも、ちっちゃなへらのような柔らかい手で叩かれても、ちっとも応えはしなかった。

「せっかく周平のこと、愚かで、短絡で、だらしなくて、情けなくて、どうしようもなくても、そんな奴だからこそやれることもあるよなあと、考えなおしてやり始めたところなのに！」

「おいおい、俺はそれに礼を言わなくちゃあならないのか」

相変わらず口さがないぬいぐるみに、俺は呆れ顔になった。

青馬はそれに答えることなく、眉をひそめて腕組みし、じっと考え込んだ。

それから、思いがけない内輪話を切り出した。

「実を言うと、僕ぁ、人間の愚《ぼか》かさにほとほと愛想が尽きていた。それで親父に、いい加減こんな阿保な連中は全滅させて、新しい世界を一から造り直してみちゃあどうかって進言したのさ」

とんでもない話が飛び出し、俺はびっくり仰天した。

青馬はそんな俺の反応にはお構いなしに、言葉を続けた。

「ところが親父は、どの人間も皆、わしの大切な傑作だぞと言い張るんだ。お前が愚かだという人間の、その愚かさが、実は捨てがたい貴重なものなんだ、ってね」

父親の言葉を改めて吟味しなおすかのように、青馬は首を傾げた。

「挙げ句に、お前はどうも気が短くていけない。そもそも考えが足りなさすぎるって、言われてさ。あの雷親父に、気が短いなんて批判されちゃあ、誰だって我慢できゃあしない。で、僕が口汚く罵ったものだから、いよいよ雷が炸裂したんだ」

夜空をつんざく雷鳴を思いだし、ちょっと身がすくんだ。

「親父はのたもうた。そんなに己が優れていると思うのなら、ちょうどクリスマスでもあることだし、下界に降りて人助けでもしてみちゃあどうか。どれくらいうまくやれるか、ひとつ、お手並み拝見とゆこうじゃあないか、ってさ」

青馬は俺を見上げ、顔をしかめた。

「親父はにやにや笑ってやがった。だから、僕ぁ、『おう、やってやろうじゃあないか』って、受けて立ったんだ。だけど、地上に降りるのにぬいぐるみになるなんて、聞いちゃあいなかった！　そうしたら親父の奴、舌を出して、神の一族なんて、地上じゃあせいぜいちっぽけなぬいぐるみ程度の役しか果たせんよ、と言いやがった。まーったく、冗談じゃあないやぁ！」

青馬はちっちゃなへらのような手で拳をつくった。だがそこで、ふっと肩の力が抜けた。

「まあ……、しかし、親父も伊達に歳を食っちゃあいないよ。確かに、神の本当のありがたさなんて、人間にはわかりっこないんだよなあ……」

青馬は大きな溜息をついた。

「まーったく、人間なんて、本当にどうしようもない馬鹿揃いなんだから。……ただ、それでも、時々、すごいことをやってのける。自分の限界なんて、なーんにもわかっちゃあいないが故に、何もかもお見通しの僕ら、神の一族なら、絶対にやらないような、途方もないことをやってのけるんだよなあ」

青馬は俺から天井へと視線を移し、頬をポリポリとかいた。

「やっぱ、親父に頭を下げて謝るしかないかなあ……」

青馬の話に、俺は全然ついていけていなかった。天上の親子喧嘩など、俺の理解が及ぶところじゃあない。それでもひとつだけ、断言できた。

青馬が提案したように、そんなふうに簡単にこの世界を破滅させられては、困る!

確かに、この世界は俺には住みにくい所だったし、俺は自殺することで、この世界を放り出そうとしていた。それでもこの世界には、親父や、お袋、兄貴や兄貴の家族、それに祖父《じい》さん祖母《ばあ》さんや、はたまた近藤さんや平田さんのような、俺にとって大切な多くの人たちが暮らしていた。

だから俺は神様に肩入れした。

「そりゃあ、間違いとわかったことはちゃんと謝って、正さなきゃあな」

俺らしくもない道理を説いたわけだが、青馬は肩を落として頷いた。

それから顔を上げて、聞き返した。

「で、周平はどうするんだ」

「俺？」

「そうだよ。今夜も、もう残り少ないけどさあ。まだ自殺する気でいるわけ？」

そう問い質されてはじめて、俺は先のことを何も考えていないことに気付いた。

俺は腕を組み、改めて考えを巡らせた。

「そうだなあ……。来月の家賃も払えず、仕事もなくて八方塞がりだったが、アパートが焼けてしまったらどうなるのかなあ。寝る場所もなくなった代わり、家賃もいらなくなったものなあ……」

苦笑するしかなかった。

「死ぬ理由まで焼け落ちた、って？」

青馬が俺の言葉を言い換えた。

「そういうわけじゃあないが……。文字通り、一文無しのうえに、宿無しにまでなってしまった。ただ、火事で何もかも失ったのは、近藤さんや平田さんも同じだ。年老いたあの人たちがそれでもやって行けると言っているのに、もっと若い俺が頑張れないというのは、いかにも不甲斐ないよなあ。おまけにこんな状態で自殺したら、火事に絶望したみたいで、家主の福留さんにも、火元になった、あの学生にも気の毒だ」

「そういうことなら、僕はそろそろ家に戻るとするよ」

青馬はよっこらしょと腰を上げ、俺の膝の中で立ち上がった。

「え、家に戻る？」

俺は当惑した。

青馬がどこかに行ってしまうという考えは、まったくなかった。

「うん。家に戻って、親父にちゃんと謝るよ。それに火事で汚れてしまったから、風呂に入ってさっぱりしたいしね」

青馬はまだ汚れが残る鼻先や頬、少し焦げたたてがみの先を、気にしているふうだった。

それから俺を見上げ、

「なあ、周平もそうしたら」

と勧めた。

「俺も、って？　俺のアパートは焼け落ちたばかりじゃあないか」

「実家があるだろ？」

「実家……、かあ」

「クリスマスケーキにろうそくを点したとき、来年はお父さんとお母さんにとって良い年になりますようにって、願っていただろう？　周平が家に戻ったら、お父さんとお母さん、きっと喜ぶよ」

「年寄りが、職なし、金なしの、大きな息子を抱えこんだら、かえって困るのが落ちだ」

俺は首を振った。

そのとき、どこかで鐘が鳴り始めた。

この近くに教会があっただろうかと思ったが、澄んだ明るい鐘の音が冬の寒空を縫って響き渡ってきた。

青馬はその音色に耳を傾け、微笑んだ。

「どうやらクリスマスになったようだね」

青馬は黒い丸い目に優しさを湛え、威儀を正して宣言した。

「クリスマスのお祝いに、周平に願いを叶えるチャンスをプレゼントしよう。ただし、そのチャンスを有効に使えるのは、自ら助ける者だけだ。神が人間にしてやれることなんて、せいぜいその程度だよ」

青馬は体を回して俺の膝からぴょんと飛び降り、すたすたと歩き出した。

「あ、おい……」

俺は青馬の背に声をかけた。

青馬は振り返った。

その姿が、あの、炎の中で見た、青い薄絹の古風な衣装をまとった青年へと変わっていった。

最後に俺に向かって軽く手を振った姿は、青馬が主張していたように、俺よりも何十倍、何百倍、いや何千倍、何万倍も、立派に見えた。

だがそれもほんの一瞬で、青馬はすぐに一筋の光になって天へ駆け昇り、夜空の彼方へ消え去った。

集会所の部屋の中にいたはずの俺の周囲で無数の星がまたたいていた。

そのひとつひとつの星が、小さな青いぬいぐるみのように暖かく、柔らかな、ほのぼのとした温もりを放っていた……。

＊＊＊

「お兄《にい》ちゃん、そろそろ起きてご飯を食べない？」

平田さんが話しかけていた。

「疲れていたようね。よく眠っていたから起こさない方がいいかと思ったけど、近所の人たちが熱いご飯とお味噌汁を持ってきてくれているの。冷めないうちに食べたいんじゃあない？」

いつのまにか毛布を掛けてもらい、眠り込んでいたようだった。

起き上がると、平田さんの後ろに控えていた女の人が、タオルと洗面道具を手渡してくれた。

「あとでお風呂に行けるように準備していますが、とりあえず顔を洗ってきては？」

俺は礼を言って立ち上がった。

近藤さんは折りたたみの長テーブルに用意された朝食に向かい、すでに箸を忙しく動かしていた。

一階の住人たちの姿は消えていた。

集会所の広間の端では、福留大家が何人かの人と車座になって熱心に話し込んでいた。洗面所では湯も使え、顔を洗うとさっぱりした気分になれた。服や髪に染みこんだ煙の臭いはまだ残っていたが、気になるほどではなかった。

俺は広間に引き返し、近藤さんと平田さんの向かいに座って箸を取った。

随分と腹が減っていたようだ。

ほかほかの湯気が立つご飯はことの他甘く、味噌汁に焼き鮭や海苔、お新香といった副菜が懐かしかったこともあり、勧められるままに三杯もお代わりをした。

火事がなければ……、そして俺自身とは何の関わりもない、文字通り、見も知らぬ人たちの親切がなければ、今頃、こんな朝食を食《く》ってはいなかったと、胸まで一杯になりかけたとき、俺ははっと飛び上がった。

のんびり食後のお茶を飲んでいた近藤さんと平田さんを驚かせてしまったが、構ってはいられなかった。

俺は昨夜眠っていた場所に取って返し、先ほど畳んだばかりの毛布を広げ、ばたばたとはたいた。それから周辺の物陰を覗き見、着ていた半纏のポケットをひっくり返した。

青馬《せいま》はいなくなっていた。

「どうしたんだい」

「何かないの」

近藤さんと平田さんが近づいてきた。

「俺のぬいぐるみ……」

我ながらふがいないと思うが、俺は泣き出しそうだった。

「あ、あのウマのぬいぐるみ？　ないのかい」

「あらぁ？　おかしいわね。きっとその辺にあるはずよ。昨夜、毛布を掛けてあげたときには、お兄ちゃん、抱いていたわよ」

近藤さんと平田さんも一緒になって探してくれたが、それでも見つからなかった。

「小さなぬいぐるみだから、どこかに紛れこんだのかしら」

平田さんは台所に控えていた女性たちのところに行き、誰かぬいぐるみを見なかったかと、大きさや形を手振りを交えて説明した。

誰もが首を振った。

近藤さんは立てかけてあった折りたたみの長テーブルの後ろや、積み上げられた座布団の間など、青馬がはまりそうにない隅っこまで、ひとつひとつ丁寧に調べてくれた。

あいつ、家に戻ったんだ。

俺は悟った。

俺に向かって軽く手を振った、美しい青年の姿が蘇った。

本当に、家に――、天に、帰ってしまったんだ。

「あの……、もう、いいです」

俺は近藤さんと平田さんに、探すのを止《や》めるよう頼んだ。

「何か大切なものが見当たらないんですか」

他の人たちとの話を終えた福留大家が、俺たちのざわつきを気にして近寄ってきた。

「いえ……、いえ、いえ」

俺は慌てて手を振った。

「昨日、たまたま目にして買った小さなぬいぐるみで。でも、大丈夫です」

大丈夫ではなかった。心にぽっかりと穴が空いたようだった。

だがどうしようもない。

青馬にしてみれば、本来いるべき場所に戻っただけだった。

「かわいい顔をしたおウマさんですよ。綺麗な青色の」

平田さんがあたりを見回しながら、大家に説明した。

「子供が出入りしているわけじゃあなし。誰かが黙って持っていったとも思えんがな」

近藤さんも、そこかしこの陰に、まだ首を伸ばし続けていた。

青馬はもう、この世界にいないんだ。

密やかな痛みをぐっと飲みこみ、

「それほど広い場所でもないので、そのうち出てくるでしょう」

と、俺はその場を取り繕った。そして三人に頭を下げた。

「すみません、お騒がせして」

「小さなものでも、見つからないというのは落ち着きませんなあ」

福留大家も加わり、三人は改めて、部屋の反対側まで探しなおしてくれた。

たいして物のない集会所の広間では、探す場所も限られていた。

「皆さん、本当に、もういいです。そのうち、思わぬところから出てくると思います。ありがとうございました」

俺はもう一度、深々と頭を下げた。

本当に、どこかからひょっこり現れてくれたらと、願わずにはいられなかった。

大きな寂しさを押し隠して、俺は長テーブルに戻り、中途になっていた朝食を再開した。

近藤さんと平田さんも、残念そうな顔であたりを見回しながら長テーブルに引き返してきた。

そこに福留大家も加わった。

大家は朝食を終えた俺に茶を淹《い》れてくれ、湯飲みを差し出しながら問いかけた。

「ところで山田さんは、今日はどういうご予定ですかな」

「はあ？　今日の予定、ですか」

聞き返した俺の顔は、かなり間が抜けたものだっただろう。

だが大家は両膝に手を置き、丁寧な物腰で続けた。

「山田さんには、昨夜、お尋ねできなかったんですが、近藤さんと平田さんはできるだけ早く、この近くで別の部屋を探したいと言われてましてね。まあ、いつまでもこの集会所を使わせてもらうわけにもゆきませんし。先ほども、適当なところがないか、周旋屋に聞いていたところです」

大家の言葉を平田さんが補った。

「私はたいした仕事もしていないし、昨夜見舞ってくれた人たちが、今日は休めばいいって言ってくれてね。近藤さんも今日の日本語教室は夕方の時間帯で、それまでは空《あ》いているって。だから私たちは、今日のうちに部屋探しをしたいって、大家さんに頼んでいるの。でもお兄ちゃんは私たちと違って、もっと予定がいろいろ入っているんじゃあない？」

今日は首を吊って冷たくなっている予定だった——とは、答えられない。

「いや……、俺も大丈夫です。今日はちょうど仕事も休みで……」

俺は曖昧に誤魔化した。

「いろいろご不便をおかけして、申し訳ありません」

福留大家は俺の言葉を疑おうともせず、恐縮したように頭を下げた。

「それじゃあ山田さんも含め、三人一緒に部屋探しをするということで、よろしいでしょうかね。午前中は現場検証があるそうで、皆さんも、警察や消防からいろいろ聞かれたりするでしょう。それに保険屋とも、一度早い段階で話をしておいた方がよいでしょうから、周旋屋には、今日の午後に部屋を見せてもらうよう頼んでおきます」

大家は腰を上げた。そして時計を見てから、

「もうそろそろ松ノ湯が開きます。まずは朝風呂で火事の汚れを落とし、さっぱりしてきてはどうですかな」

と、勧めた。

風呂に行くための洗面道具や入浴券だけでなく、着替えまで用意してあった。

上着は近所の人たちが持ち寄ってくれた古着だったが、どれもきちんと洗濯された綺麗な品だった。

着替えの中から、俺は、自分の一張羅よりもよほど立派なウールのコート、ウールのシャツとスラックス、それにゆったりしたカーディガンを選んだ。

下着は、これも福留大家の手配で揃えられた、新しいものを手渡された。

松ノ湯というのは、行きつけの、ありきたりの銭湯だった。だが俺は、朝のそんな早い時間に出かけたことはなかった。

風呂で髪と体をきれいに洗い流し、ほかほかの湯船にゆったり浸かっていると、これまでの不運や不幸まで溶け出してゆくようだった。

風呂から出ると、新品の下着に体を通した。

一足先に上がっていた近藤さんが新しい服に着替え終え、鏡に向かって頭をかいた。

「これじゃあ火事太りみたいで、申し訳ないなあ」

風呂屋の外では冬の陽が眩しいほど明るく輝いていた。冷たい外気も、湯上がりの頬にはさっぱりしていた。

平田さんが合流し、三人連れだって足取りも軽く集会所に引き返した。

集会所では、福留大家が保険屋と一緒に帰りを待ってくれていた。

保険屋と話すうち、平田さんは財布の他、印鑑や通帳、保険証、年金手帳などが入った貴重品袋を持ち出していたことがわかった。

一方、着の身着のままで飛び出した俺と近藤さんは、無一文のうえ、書類を出すために必要な印鑑ひとつ、持っていなかった。

「大丈夫ですよ。そういうこともどうしたらよいか、ちゃんとお教えしますから」

保険屋は慣れた様子で俺たちを元気付けた。そして、どこで、どんな手続きをし、どういう書類を揃えなくてはいけないか、ひとつひとつ順序立てて丁寧に説明してくれた。

そうこうするうちに警察と消防がやって来た。

取り敢えず、残っている俺たちだけでも現場検証に加わって欲しいと言われ、みんなでもう一度、火事現場に引き返した。

ぼろアパートは、ほとんど輪郭も残さず焼け落ちていた。

明るい陽の下でその残骸を眺めていると、そこに引っ越してからの、一年ばかりの暮らしが、走馬灯のように流れ去っていった。

良いことなど何ひとつなかった――と思っていた。だが中途半端な小都会の片隅におけるささやかな日常の地味な景色のそここに、近藤さんや平田さんの、そして勤めていた仕出し屋のおばさんたちの、ちょっとした親切や笑顔が、春風に舞う桜の花びらのような彩りを添えていた。

昨夜、あの炎から全員が無事に逃げおおせられたのも、その前に三人でクリスマスケーキを囲んだ、あのひとときの、クリスマスイブならではの、連帯感があったからじゃあなかっただろうか。

青馬は――あの、ちびで生意気な青いぬいぐるみは、それを予期し、あのクリスマスケーキを俺に買わせ、俺に奇跡のチャンスを与えてくれたのかもしれない。

そう思い至ったとき、聞き慣れた声が呼びかけた。

「周平！」

現場に張られた規制線の向こうから、兄貴が一生懸命手を振っていた。

「どうして兄貴がここに……」

訳がわからなかった。

規制線を超えて中に入りたがる兄貴を、警察官が押しとどめていた。

俺は困惑しながらも足早に駆け寄った。

兄貴は、まるで外国人がやるみたいに俺を抱きしめ、そのくせ、

「この馬鹿が！　この一年、何の連絡もせずに、いったいどれだけ心配させたと思っているんだ！」

と、かみついた。

「この前の正月も戻らなかったし。具合でも悪くしていないかと、お前のアパートに電話したら、引っ越しましたよ、って告げられて。どこでどうしているのかと、そりゃあ心配したんだぞ。お前が前に世話になっていた人たちなら何か知っていないかと、お前が働いていたところに片っ端から問い合わせたのに、お前ときたら、まったく、誰ともろくな付き合いをしちゃあいない。そんなことじゃあ、ダメだろうが！」

兄貴は拳固のひとつやふたつ、食らわしかねない勢いだった。

お袋は捜索願を出そうと言ったらしい。だけど、いい歳をして行方不明もないだろう

と親父が反対するので、兄貴は迷っていたらしい。

「そうしたら今朝早く、お前が三番目に勤めていた工作所の社長さんから電話がかかってな。火事のニュースにお前が出ていたって、知らせてきてくれたんだ。良い人だよな。俺たちが心配していたのを、ちゃあんと覚えていてくれたんだ」

兄貴はすぐに警察に問い合わせたが、全然要領を得ない。親父も、お袋も、心配でおろおろする。これなら直接出かけた方が話が早いと、取るものも取り敢えず電車に飛び乗った、と言った。

「怪我はしてないのか。昨夜はどうやって過ごしたんだ。まったく、なぜ、いの一番に知らせてよこさなかったんだ!」

兄貴はたいした剣幕で叱り飛ばしていた。

だが俺は、そんな兄貴の言葉を他所に、不渡り手形を受け取ってしまったのはわしの責任だ、すまん、すまんと頭を下げ、従業員ひとりひとりの身の振り方を最後まで心配してくれた親父さんを思い浮かべていた。

あの後、一度も連絡を取らなかった。新しい作業所がひどく侘しかったこともあり、礼を言ったこともなかった。

悪いことをしたと、心が痛んだ。

親父さんは今、どうしているんだろう、と思った。

「やあ、やあ、山田さんのお身内かね。わしらも、家に電話せんでいいのかって言っておったんです」

兄貴に言いまくられているのを見かねたのか、近藤さんが笑顔で近づき、割って入ってくれた。

「お兄ちゃん、昨夜は大活躍だったんですよ。それで、疲れてすぐに眠り込んでしまったし、今朝は今朝で、起きだしてから次々といろいろありましたからねえ」

平田さんもやってきて、俺の弁護に回ってくれた。

「あ、周平のアパートの方々ですか。周平の兄の、山田健太郎《けんたろう》です」

兄貴は村議会議員らしいそつのない挨拶をして、ふたりに頭を下げた。

「弟がいつもお世話になっております。皆さん、大変な目に遭われたそうで、心からお見舞い申し上げます。お怪我などはありませんでしたか」

丁寧な挨拶に、近藤さんと平田さんが照れながら挨拶を返していると、

「山田さんのお兄さんでいらっしゃいますか。どうも、今回はご心配をおかけしており

ます」

と、福留大家が加わり、しっかり者の兄貴の登場を喜んだ。

兄貴は大家から火事のあらましと今後の予定を聞き取ると、午後から部屋探しをする前に、兄弟で少し話し合いたいと願い出た。

「ちょうど昼どきです。このあと皆さんを近くのファミレスにご案内しようと考えていたんで、よろしかったら、そこでテーブルを違えておふたりで相談されてはいかがですかな」

福留大家が提案した。

そのファミレスは、前日入れなかったフレンチレストランとは比べようもなかったが、俺には十分敷居が高かった。

俺は兄貴の袖をそっと引いて囁いた。

「財布も焼けちゃって、金、全然ないんだ」

「心配しなくても、少しくらいは俺が持ってるよ」

兄貴は気安く請け合った。

それで安心したのも束の間、愛想の良いウェイトレスに分厚い写真メニューを手渡されると、まばゆいばかりの料理に俺はすっかり圧倒されてしまった。しかもあれこれ組み合わせて注文する仕組みが、俺にはまったく馴染みのないものだった。

そんな俺に向けて兄貴は自分のメニューを差し広げ、これは美味《おい》しそうだ、こっちもよさそうだなあと、まるで自分が思い迷ってでもいるかのように、いくつかの写真を指差しながらゆっくりページを繰った。

兄貴が指差したひとつは、つやつやのソースがかかったぼってりしたハンバーグだった。

ハンバーグなら食べたことがあった。

「それ、美味《うま》そうだな」

俺が言うと、

「それなら、この定食セットにして、野菜サラダとパンを組み合わせちゃあどうかな。それともライスの方がよいか？」

兄貴は首を傾げた。

「たまにはパンもいいな」

「そうだな」

兄貴は頷き、ボタンを押してウェイトレスを呼んだ。

兄貴とは、そういう男だった。

きっと俺の生活がどうなっていたかもお見通しだったに違いない。俺のことで勤め先にいろいろ問い合わせたのなら、兄貴でなくてもわかっただろう。

兄貴は、ふたり分のハンバーグ定食を注文し、ふたりともに野菜サラダとパンを選び、ドリンクバーを付けてもらった。

ウェイトレスが注文内容を繰り返して引き上げた。

「飲み物を取ってこよう」

兄貴は俺を促しながら立ち上がった。

俺は兄貴に従って初めてのドリンクバーに行き、兄貴のやり方を真似て飲み物を手に入れた。

そうして再び席に戻ってから、兄貴はおもむろに尋ねた。

「それで、今はどんな仕事に就いているんだ？」

弟のことを心から心配してくれている顔だった。

俺は正直に現状を打ち明けた。

「周平は都会に向いてないんじゃあないのか。真面目に働いているのに食ってゆけないというのは、おかしいよ。なあ、田舎に戻ってこないか。親父も、お袋も、心配してる。安心させてやれよ」

はっとした。

来年は親父とお袋にとって良い年になりますように――その願いを叶えるチャンスをあげる、と青馬は言った。

ただし、自ら助ける者にしかチャンスは有効に使えない、とも。

あれは夢ではなかったのか。

「田舎に戻っても、俺なんかに仕事が見つかるかな。今は都会でも働くところがなかなかないのにさ。兄貴や親父たちに、これ以上迷惑をかけるのは嫌なんだ」

俺が頭を振ったとき、ウェイトレスが料理を運んできた。

兄貴はテーブルに並んだ皿に目を細めた。

「朝食を食べ損ねたから腹が減っているんだ。食べながら話させてくれ」

兄貴はさっそく、ナイフとフォークを忙しく動かし始めた。

俺の方は朝食をしっかり食べていたが、ジュウジュウと湯気の立つハンバーグに誘われて箸を取り上げた。

「田舎は人手が足りなくて困っている」

ハンバーグを頬張りながら、兄貴はやり手村議会議員の口調で告げた。

「うちの周辺だってそうだが、山の方に少し入れば、過疎と高齢化でひどい有様だ。俺が移動販売車を導入したのも、そういう人たちを少しでも助けたかったからだ。そして、買い物に俺の販売車が頼りのお年寄りが増えているってことは、自分で耕せない田畑もどんどん多くなっているってことなんだ。おまけにそうした人たちが亡くなり、そのまま空き屋になってしまった家も少なくない」

兄貴はそういう空き屋を活用し、耕作放棄地を耕してくれる若い人を都会から呼び込んで、村の活性化を計ろうとしていた。

すでに二世帯が移住してきているものの、それでは全然足りていなかった。

「都会で失業者が溢れていても、農業は決して楽な仕事じゃあないからな。豊かな自然への憧れだけじゃあ、長続きしない。しかも最初の二、三年は食べてゆくのがやっとなうえ、その後も高収入は期待できない」

移住体験の参加者はそこそこいても、なかなか定住に至らないと、兄貴はこぼした。

「欲をかかず、真面目にこつこつ働く、修平のような者が帰ってきてくれるなら、村は大助かりなんだ。なあ、俺の計画を軌道に乗せるためにも、帰ってきてくれよ」

つまらない意地なんか張ってないでさ。

青馬の声が聞こえた。

青馬はちゃんと親父さんに頭を下げたんだろうな、と思った。

生意気な奴だったが、言うこと、為すことに、道理は通っていた。

「俺、裏庭でお袋が育てていた園芸野菜の手伝いをしたことがあるくらいだよ。本格的な農作業なんてやれるかな」

反論というのではなかった。事実、そうだったから、気になったのだ。

生まれたのは田舎でも、農業とは縁が薄かった。

「それに俺は器用じゃあないし」

「周平は田舎育ちの分、ましだよ。先の二軒の夫婦はどちらも都会生まれの都会育ちで、土いじりをしたことさえなかったんだから」

農業指導はＪＡが手助けしてくれ、田舎暮らしの手ほどきは、村民全員で当たっているらしかった。

「住居も、空き屋を村の費用で改築して、安く提供している。それにお前なら……、ほら、小学校からずっと、神楽をやっていただろう？　お前になら、村祭りのことなんかも頼める」

「神楽にはいつも加えてもらっていたけど、笛も踊りも、それほど上手じゃあなかったよ。ただ、楽しかったから……、うん、あれは本当に楽しかったなあ」

「楽しんでやってくれるのが、一番なんだ。今はそういう雰囲気じゃあ、全然ない」

高齢化が進む村では祭りの数が減っていた。

それでも伝統を絶やしてはならないと、春の御田植神事と秋の収穫祭だけは続けているものの、体に無理を言わせて参加している老人がほとんどだから、祭りに活気の出ようがないと、兄貴は嘆いた。

「なあ、戻ってきてくれよ。村のためにも、俺のためにも。それに、親父もお袋も、お前がそばにいてくれたら、そりゃあ喜ぶぞぉ」

兄貴は最後まで、俺に頼み込む姿勢を守り続けてくれた。

これを断ったら、地獄に落とされてもしかたなかっただろう。

＊＊＊

その後のことは話すまでもない。誰もがよく知ってのとおりだ。

村の活性化に尽力し、今は村長として活躍している兄貴に比べれば、俺にやれたことなんて高が知れている。だけどこの村じゃあ、こんな俺でも大切にしてくれるし、俺にできることしかしていないのに、いつだって心から感謝してくれる。

お前たちの母さんだってそうだ。いつも俺を立て、俺と一緒に一生懸命働いてきてくれた。

お前たちも、俺にはもったいないほど良い子供たちだ。

だから、長子のお前が成人を迎えるといっても、それにあたって俺が改めて何か言って聞かせる必要なんか全然ない。

それはよくわかっている。

それに俺が語れることと言えば、こんなとりとめもない変な話だけだ。

もう昔、昔のことだしな。

あれは現実だったのか。夢だったのか。

夢だったのかもしれない……。
だがもし叶うなら、もう一度、青馬《せいま》に会いたいよ。
今なら、あの頃よりももっと美味《うま》いものを、いろいろ食べさせてやれるのになあ。

（終）

著者プロフィール

新田　玲子（にった・れいこ）

1954年6月19日、広島県尾道市生まれ。

1985年3月、広島大学大学院文学研究科博士課程後期英語学英文学専攻を満期退学。1985年4月、広島経済大学講師（英語担当）に着任。1989年4月、信州大学人文学部・信州大学人文学研究科助教授（アメリカ文学担当）に着任。1997年4月、広島大学文学部・広島大学大学院文学研究科助教授（アメリカ文学担当）に配置転換。2004年2月、広島大学大学院文学研究科より、博士（文学）取得。2006年9月、広島大学大学院文学研究科・広島大学文学部教授（アメリカ文学担当）に着任。2018年3月、広島大学退職に伴い、広島大学名誉教授に選出。

中・四国アメリカ文学会会長(2013年～2017年)

中四国英文学会会長（2013年～2015年）

2018年4月以降、長野県安曇野市穂高在住。

著書『サリンジャーなんかこわくない』（大阪教育図書）
翻訳『すべての夢を終える夢』
　　　　　　　　　　ウォルター・アビッシュ作（青土社）

クリスマスの奇跡

二〇二二年十二月十日　初版第一刷発行

著　者　新田玲子
発行者　谷村勇輔
発行所　ブイツーソリューション
〒四六六・〇八四八
名古屋市昭和区長戸町四・四〇
電　話　〇五二・七九九・七三九一
FAX　〇五二・七九九・七九八四
発売元　星雲社（共同出版社・流通責任出版社）
〒一一二・〇〇〇五
東京都文京区水道一・三・三〇
電　話　〇三・三八六八・三二七五
FAX　〇三・三八六八・六五八八
印刷所　モリモト印刷

ISBN978-4-434-31116-1